Partie double

Données de catalogage avant publication (Canada)

Chabin, Laurent, 1957-

    Partie double
    (Collection Atout ; 44. Policier)
    Pour les jeunes de 11 ans et plus.
    ISBN 2-89428-430-6

    I. Titre. II. Collection : Atout ; 44. III. Collection : Atout. Policier.

PS8555.H17P37 2000   jC843'.54   C00-940894-0
PS9555.H17P37 2000
PZ23.C42Pa 2000

Les Éditions Hurtubise HMH bénéficient du soutien financier des institutions suivantes pour leurs activités d'édition :

– Conseil des Arts du Canada ;
– Gouvernement du Canada par l'entremise du Programme d'aide au développement de l'industrie de l'édition (PADIÉ) ;
– Société de développement des entreprises culturelles au Québec (SODEC).

Conception graphique : **Nicole Morisset**
Illustration de la couverture : **Alain Reno**
Mise en page : **Lucie Coulombe**

© Copyright 2000, 2002
Éditions Hurtubise HMH ltée
Téléphone : (514) 523-1523 • Télécopieur : (514) 523-9969
www.hurtubisehmh.com

Distribution en France
Librairie du Québec/DEQ
Téléphone : 01 43 54 49 02 • Télécopieur : 01 43 54 39 15
Courriel : liquebec@noos.fr

Dépôt légal/3e trimestre 2000
Bibliothèque nationale du Canada
Bibliothèque nationale du Québec

Imprimé au Canada

Laurent Chabin

Partie double

Collection **Atout**

Laurent Chabin a choisi de s'installer en Alberta au pied des montagnes Rocheuses. C'est là qu'il s'est mis à écrire de façon professionnelle en commençant... par des contes de fées ! « Je n'avais jamais pensé écrire des romans policiers, dit-il, jusqu'à ce que les éditions Hurtubise HMH m'en demandent un ! Maintenant, je suis mordu, je ne peux plus m'arrêter et j'aime ça ! Quand un ou plusieurs personnages m'intéressent, j'aime les reprendre dans un autre livre, même s'il ne s'agit pas vraiment d'une suite. »

Dans *Partie double*, on retrouve Louis Ferdine, le personnage principal de *Sang d'encre* (collection Atout policier, n° 24). *Série grise*, *Zone d'ombre* et *Piège à conviction* font partie de la même collection (n°s 40, 29 et 20).

Laurent a reçu la mention honorable au prix Champlain 1998 pour *L'Assassin impossible*, et il a été finaliste du prix Christie 1996. Ses livres figurent dans de nombreuses sélections en France (prix littéraire des Vosges 1998) et au Québec (palmarès Livromanie).

Merci à P. A. et à J. L. B. pour leur complicité involontaire.

PREMIÈRE PARTIE

L. F.

1

IMPOSTURE

Téléphone. On n'est jamais tranquille ! Je décroche.

— Allô ?

— Allô, Louis ?

— Oui.

— C'est Louis...

— C'est moi-même, je viens de le dire, fais-je, un peu agacé.

— J'ai bien compris, Louis. C'est moi, Louis...

Il commence à m'énerver, ce type ! Je le sais, que je m'appelle Louis, nom d'un chien ! À quoi est-ce qu'il joue ? S'il continue comme ça, je lui crache des noms d'oiseaux !

— Allons, Louis, reprend la voix au téléphone. C'est moi, Louis, de Vancouver...

Ça y est ! J'ai compris ! J'y ai mis le temps ! Louis Anctil, c'est le représentant de mon éditeur dans l'Ouest. Il faut dire qu'il ne m'appelle pas souvent. Sans doute parce qu'à force de m'inviter sans succès à lui rendre visite sur la Côte, il a fini par se lasser. Néanmoins, je suis content de l'entendre.

— Comment vas-tu, mon vieux ? Ça fait une éternité. Je pensais que tu m'avais oublié.

— Je peux te retourner le compliment, répond-il. Pour une fois que tu étais de passage à Vancouver, tu aurais pu me faire signe et venir chez moi. Tu exagères, tout de même. Je n'ai pas la peste...

— Qu'est-ce que tu racontes ? C'est une blague ? Je n'ai jamais mis les pieds à Vancouver, tu le sais très bien. Si ça se produisait, bien sûr que je t'avertirais et que je serais heureux d'aller chez toi.

— Ne te donne pas tout ce mal, Louis. Inutile de te cacher. Je suis au courant, pour ta séance de signatures. Si je n'avais pas été à ce moment-là chez ma belle-famille pour les fêtes du Nouvel An, je serais passé te dire bonjour. Mais quelle idée, aussi, de mettre en place un événement pareil un 2 janvier ! Ça n'a pas de sens. La prochaine fois, laisse-moi tout organiser...

Je ne réponds pas. Je n'y comprends rien. De quoi parle-t-il ? Je ne suis pas sorti de Calgary depuis... depuis combien de temps, déjà ? La dernière fois, c'était à Montréal, en 1998, il y a presque deux ans jour pour jour. Un voyage de cauchemar, d'ailleurs*. Depuis, je n'ai pas bougé d'ici. Sûrement pas. Alors ? Qu'est-ce que c'est que cette histoire de signatures ?

À l'autre bout du fil, je sens que mon interlocuteur est perplexe. Il n'a pas l'air de plaisanter ni de se fiche de moi. Louis, je le connais depuis des années et il n'est pas du genre à faire des farces stupides.

— Écoute, Louis, reprend-il lentement après un silence embarrassé. Je ne suis pas fou, tout de même. Il n'y a pas cent cinquante Louis Ferdine, écrivain francophone à Calgary, non ? Ta présence ici a été annoncée un peu tard, d'accord, mais tu étais bien là avant-hier, à la librairie Manhattan, pour une séance de dédicaces. Des gens t'ont vu, t'ont parlé,

* Voir *Sang d'encre*, collection Atout policier n° 24.

tu leur as signé tes livres... Marc m'a dit qu'il avait été ravi de te rencontrer. Apparemment, tu l'as impressionné...

Marc est le gérant de la librairie française de Vancouver, sur Georgia Street. Je le connais de nom, Louis m'en a parlé quelquefois, mais je ne l'ai jamais vu. Et lui non plus ne m'a jamais vu, j'en suis certain. Personne ne m'a jamais vu! Les gens ne savent pas à quoi je ressemble, puisque j'ai toujours refusé d'envoyer ma photo à mon éditeur. Si je me suis installé à Calgary, c'est justement pour avoir la paix.

Pour ça, ça marche. On ne me dérange pas souvent. L'inconvénient, bien sûr, c'est que le premier venu peut se faire passer pour moi sans trop de difficulté. Mais enfin, je n'y avais jamais songé. Franchement, à qui viendrait-il l'idée de prendre ma place, ne serait-ce qu'un instant? Pour quelle gloire? Je ne suis pas un écrivain en vogue, je n'ai jamais eu de prix littéraire, on ne parle pas de moi dans les revues, même les plus confidentielles.

C'est pourtant ce qui est arrivé, semble-t-il. Un parfait inconnu, pendant quelques heures, s'est amusé à faire l'écrivain, à jouer mon rôle. Drôle d'idée. Un gag, sans doute, qui ne porte guère à conséquence. Mais je sens que Louis est nerveux. J'essaie de dédramatiser un peu :

— Vous êtes vraiment des comiques, vous autres, sur la Côte. Les francophones de Vancouver doivent avoir un humour que nous n'avons pas ici, c'est tout. La présence de l'océan, peut-être...

— Je suis content que tu prennes ça à la plaisanterie, Louis, répond-il. Mais je vais quand même me renseigner. Ce qui s'est passé n'est pas normal. C'est une usurpation d'identité. C'est de ton image qu'il s'agit, et je suis là pour défendre tes droits...

C'est tout Louis, ça. Il se mettrait en quatre pour me faire plaisir, une vraie mère poule. Je ne vais pas le lui reprocher. Je le rassure :

— Allons, il n'y a pas de quoi fouetter un chat, finalement. Jusqu'à preuve du contraire, il n'y a qu'un seul Louis Ferdine, et c'est moi.

— Je l'espère, Louis, je l'espère...

2

« JE » EST UN AUTRE

J'ai passé une nuit détestable. Louis a réussi à me refiler son inquiétude, en fin de compte. Qui peut être ce type qui s'est amusé à se faire passer pour moi ? Un canular sans importance, bien sûr, mais tout de même, c'est gênant. Louis a raison. C'est de mon image qu'il s'agit, même si ce n'est pas une image de grande valeur...

En fait, ce ne sont pas les motivations de cet imposteur qui m'intéressent. Il n'y a pas un grand mystère là-dessous. Qui n'a pas rêvé de se glisser un jour dans la peau d'un artiste, même d'un artiste dans mon genre ? Tout le monde a été démangé, à un moment ou un autre, par une envie de ce type. Non, ce n'est pas ça qui me dérange. La question qui m'a torturé toute la nuit est plutôt la suivante :

quel discours cet inconnu a-t-il tenu comme s'il s'agissait du mien?

J'entends encore Louis me dire, à propos de Marc, le gérant de la librairie où l'homme a fait sa prestation : *apparemment, tu l'as impressionné*... Jamais ce libraire n'a essayé de me faire venir dans sa boutique pour une quelconque intervention. Sans doute l'idée qu'il se faisait de moi à travers mes livres — si toutefois il les a lus! — ne l'a pas incité à m'inviter. Et là, d'un seul coup, sans prévenir, le voilà *impressionné*. Que faut-il en penser? Que ce faux Louis Ferdine a été bon? Si bon que ça? Qu'il a été meilleur que je ne l'aurais été moi-même? Hum...

C'est ça qui m'effraie, finalement. Que quelqu'un ait *usurpé* ma place, comme dit Louis, ça ne me dérange pas beaucoup, dans le fond. Il y a belle lurette que je ne me fais plus d'illusions sur le rôle de l'écrivain dans la société. Jouer ce rôle, le mien, en tout cas, n'ajoutera pas un soupçon de gloire ou d'importance à l'acteur manqué qui s'est livré à cette mascarade. Louis Ferdine n'est qu'un scribouillard de seconde zone, un de plus, qui n'a rien inventé et qui ne figurera jamais dans les manuels scolaires. Le type qui a endossé sa veste n'a pas fait une affaire ! Et je sais de quoi je parle...

Non, le problème se situe ailleurs. Il faut bien comprendre ce que c'est qu'un écrivain. Un auteur n'est pas dans ses livres, il est dans la presse, dans les salons, à la télévision. Un auteur est une personne sociale qui pérore en public quand on lui en donne l'occasion : c'est ça qui lui donne de l'épaisseur, qui le fait vivre en tant qu'individu. Il n'existe que s'il possède des lecteurs. Ses bouquins, au bout du compte, ne sont qu'un prétexte, une carte de visite. Un auteur qui vit dans le désert ne croit pas à ce qu'il fait. Il n'a aucune chance. Il est mort ou, dans le meilleur des cas, posthume. Ou alors, c'est un génie et il s'appelle Ducharme. Mais ça, c'est une autre histoire...

Moi, évidemment, je suis bien loin de ça. Et c'est bien là ce qui m'inquiète. Qui suis-je, pour le public ? Qui est le vrai Louis Ferdine ? Un ours qui vit dans sa caverne, sans voir personne, perdu à deux fuseaux horaires de son éditeur et de ses quelques lecteurs ? Ou bien n'est-ce pas plutôt celui qui est allé voir ses lecteurs, qui a discuté avec eux, leur a signé des livres, a parlé de ses œuvres en cours, de ses souvenirs ? De *mes* souvenirs...

Mes souvenirs. Oui, qu'a-t-il raconté ? Qu'est-ce qui, dans le discours ou l'attitude de ce faux moi-même, a bien pu impressionner Marc ? Brusquement, de simple nom sur une couverture, je suis devenu une personne de chair et de sang, avec une voix, un sourire, une cravate, peut-être, et il *me* reçoit dans sa librairie, il *me* parle, il est *impressionné*... sauf qu'il ne s'agit pas de moi ! J'aurai été à ce point incapable d'exister par moi-même qu'il aura fallu qu'un autre le fasse à ma place ! C'est incroyable, tout de même. Et, de nouveau, cette question qui m'obsède : *qu'ai-je dit à Vancouver d'aussi fameux* ?

Je m'aperçois que je délire. Comment ça, *qu'ai-je dit* ? Je n'ai rien dit, bien sûr ! Je suis moi, pas lui. C'est l'autre qui a parlé. Parlé à ma place. Mais le problème, c'est que ce qu'il a dit va faire partie de ma biographie, à présent, la modifier. C'est-à-dire que je ne contrôle plus ma propre vie ! Je délire, vraiment ?

Huit heures du matin. Mes yeux me piquent. Le café que je n'ai pas arrêté de boire toute la nuit me brûle l'estomac. Je me regarde dans la glace. J'ai l'air d'un cadavre, d'une statue de cire. D'une copie. Comme si c'était l'autre, là-bas, qui vivait à ma place pour de vrai ! Je devrais retourner dans mon lit.

Non, pas maintenant. Le doute me ronge trop, je ne dormirais pas. Je dois savoir. Je regarde mon téléphone. Sur la côte Ouest, il n'est que sept heures. Je ne peux quand même pas appeler Louis maintenant. Je m'allonge sur le sofa en attendant une heure plus décente. Devant mes yeux fatigués et rougis dansent des stylos qui écrivent mon nom, mais je ne reconnais pas l'écriture...

Une violente sonnerie me ramène à la réalité. Je regarde ma montre. Midi ! J'ai dormi quatre heures ! Un peu hébété, je décroche. C'est Louis.

— Tu tombes bien, dis-je d'une voix un peu pâteuse. Je voulais t'appeler.

— Ah, tu es au courant ? demande-t-il d'un ton étonné.

— Au courant de quoi ? Tu as démasqué le comique qui joue à prendre ma
place ? C'était une farce ?

— Non, pas du tout. Au contraire. Le
gars a remis ça hier soir dans une autre
librairie. Une sorte de causerie, avec
présentation de tes livres. C'est Marc qui
m'a informé.

Marc ? Il y a un détail qui me chif-
fonne, tout à coup. Deux libraires orga-
nisent, à deux jours d'intervalle, une
rencontre avec un auteur sans prendre
la peine de contacter son éditeur ou son
représentant ? C'est invraisemblable ! Et
pourquoi, dans le deuxième cas, est-ce ce
fameux Marc qui détient l'information ?
C'est ridicule, comme combine, mais au
moins je commence à comprendre.

Le cas me semble clair. Marc avait
besoin d'un petit événement pour relan-
cer les affaires de sa librairie en ce début
d'année. Alors, avec l'aide d'un comparse,
il a organisé ce canular lamentable, histoire d'attirer un peu l'attention sur sa
boutique. Et puis, dans la foulée, s'aper-
cevant que ça marchait bien, il a continué
avec un collègue. Évidemment, il ne
pouvait pas tenir Louis au courant de

ses agissements, il sait très bien que celui-ci me connaît personnellement.

Maintenant, pourquoi un faux Louis Ferdine alors qu'il y en a un vrai? Élémentaire. Le vrai, ça coûte plus cher. Il faut lui payer son voyage, l'hôtel, le restaurant, un cachet, etc. Les reproductions, c'est beaucoup plus économique et ça fait le même effet. Il pouvait bien se dire impressionné, le Marc! Il s'est impressionné tout seul! On n'est si bien servi que par soi-même...

Louis m'écoute sans rien dire pendant que je lui sers le fruit de mes réflexions. Il est poli, il n'est pas du genre à interrompre. Pourtant, quand j'ai fini mon laïus, je l'entends soupirer.

— Tu n'y es pas du tout, mon vieux, dit-il. Je connais bien Marc, il n'aurait jamais monté une combinaison aussi minable, qui lui aurait causé beaucoup plus de tort que de bien. Et puis ce n'est pas lui qui a organisé cette séance de signatures. C'est Louis Ferd... euh, l'imposteur lui-même qui est venu se présenter à lui, disant qu'il voulait profiter d'un bref passage à Vancouver pour rencontrer des lecteurs. Marc, évidemment, ne pouvait pas me joindre puisque j'étais en congé pour les fêtes...

— Bon, d'accord, fais-je en maugréant. Mais la séance d'hier soir, alors? Tu as repris le boulot, le libraire aurait pu te téléphoner, non?

— Il s'agit d'une librairie anglaise, tout près de Queen Elizabeth Park. Le gars ne me connaît pas, il n'a aucun contact avec les distributeurs francophones, habituellement. D'après ce qu'il a dit à Marc, un type est venu à sa librairie avec quelques livres sous le bras et il a proposé de faire une petite conférence en anglais pour présenter la littérature canadienne-française aux gens d'ici. Tu connais les Vancouverois, Louis. Des gens bien. Le libraire n'a pas dit non.

— Mais comment Marc l'a-t-il su, et pourquoi ne t'a-t-il pas averti immédiatement?

— L'autre libraire ne l'a appelé qu'ensuite. Ce matin, en fait. Il a été conquis par ton intervention et il voulait en savoir plus sur toi, éventuellement acheter quelques livres. Comme il sait que Marc vend des livres français, c'est lui qu'il a appelé, tout naturellement.

Je suis estomaqué. Pas tant par l'audace extraordinaire de cet inconnu que par les réactions de ceux qui assistent à ses apparitions publiques. *Conquis, impressionnés*! C'est rageant! Depuis des années que j'exerce ce métier, jamais je n'ai reçu une lettre de lecteur, jamais un critique ne s'est fendu du moindre article sur un de mes livres. Il m'est parfois venu à l'idée qu'on ne me lisait qu'en cachette, dans les cabinets, ou qu'on n'achetait mes bouquins que pour passer le temps en attendant l'avion ou l'autobus, pour s'en débarrasser aussitôt embarqué, comme on jette un vieux journal.

Et le premier venu qui se permet de jouer mon rôle remporte un succès même chez les Anglais! Il y a de quoi s'arracher les cheveux! Il faut réagir.

— Écoute, Louis, fais-je, un peu énervé. Ça ne peut pas durer. On se fiche de moi, de toi. Ce type ne va pas continuer à me tourner en ridicule à ton nez et à ta barbe. Tu l'as dit toi-même, tu représentes mes intérêts. Bouge-toi, enquête, fais quelque chose. Démasque ce faussaire!

— Ben, je vais essayer, réplique-t-il d'une voix hésitante. Mais ça ne va pas être très facile. Je pars demain matin pour une dizaine de jours dans l'Est et au Manitoba. Ne t'en fais pas. Je crois quand même que tu as raison. Tout ça n'est qu'une farce de mauvais goût et ça va sans doute s'arrêter de soi-même. Si tu veux, je vais laisser des consignes à Marc. Il t'appellera si jamais...

— Ce n'est pas la peine. Après tout, ce type ne cherche que ça : qu'on s'intéresse à lui, à son petit manège. Laisse tomber. Rappelle-moi simplement quand tu seras rentré, on verra bien.

Je raccroche. En fait, ce que je n'ai pas voulu avouer à Louis, c'est que je suis mortifié, ulcéré. Lui-même s'est laissé prendre au piège. Quand il a parlé de la visite du faux Ferdine à la librairie anglaise, il a prononcé bien distinctement *Louis Ferd*..., puis il s'est repris, juste à temps. Mais c'est symptomatique, non ?

Pour lui aussi, dans le fond, le vrai Louis Ferdine, c'est l'autre. Je ne suis qu'une ombre, un néant. Et un fou, à Vancouver, est en train de prendre ma place. Dans l'ombre. Pas pour long-temps, peut-être. Le jour où il apparaîtra au grand jour, je n'aurai plus qu'à dis-paraître complètement...

3

UNE ENTREVUE EXCLUSIVE

Toute cette semaine, j'ai ruminé cette affaire jusqu'à en perdre l'appétit. Au bout du compte, je me décide à aller voir le docteur Hunter. Depuis la triste affaire de la Cité francophone de Calgary*, je suis resté en contact avec lui. Il est même devenu mon médecin, ce qui m'arrange bien puisqu'il parle parfaitement français.

Je ne suis pas vraiment malade, ce n'est pas seulement pour ça que je me rends à son cabinet. Bien sûr je dors mal, depuis quelques jours, je mange peu et je me sens extrêmement fatigué. Tout ça parce qu'un imbécile qui veut faire l'artiste est en train de jouer à Louis Ferdine dans les librairies de Vancouver.

* Voir *Série grise*, Collection Atout policier n° 40.

Je regrette d'avoir demandé à Louis Anctil de laisser tomber. Qui sait si ce type, depuis le 4 janvier, date de sa deuxième intervention, n'a pas continué son jeu sans que je n'en sache rien ?

Trop tard, maintenant. Louis est sur les routes, quelque part entre Toronto et Winnipeg, et je ne sais pas comment joindre Marc à Vancouver. Le ferais-je, d'ailleurs, même si j'avais son numéro ? Je ne le connais pas, Marc. Il se ficherait sans doute de moi, je passerais une fois de plus pour un imbécile...

Savoir, d'ailleurs, si ce n'est pas aussi l'opinion du docteur Hunter... Je n'ai jamais su avec précision ce qu'il pensait de moi. Je le vois de temps en temps parce qu'il aime parler littérature, ce qui est rare ici. Mais j'ai parfois l'impression que je ne suis pour lui qu'un sujet d'étude amusant, une sorte de distraction qui le change agréablement de sa clientèle habituelle, qui ne vient lui mettre sous le nez que ses ulcères et des bobos plus ou moins beaux à voir.

Qu'importe. J'ai besoin de calmants ou de somnifères. D'un conseil, peut-être, aussi. Comme d'habitude, le médecin m'accueille en m'ouvrant les bras, avec une exclamation joyeuse, comme s'il venait de rencontrer le père Noël.

Pour ma part, je ne suis pas d'humeur à plaisanter. Je me borne à lui raconter mon histoire, assez platement, sans effets de style.

— Hmmm, intéressant, murmure-t-il au bout d'un moment. Passionnant! Voyez-vous, j'ai toujours rêvé d'être écrivain, moi aussi. Mais le temps, vous comprenez, les impératifs familiaux...

Il a l'air songeur. Je ne sais pas si j'ai eu raison de venir. Je viens lui demander conseil et, manifestement, la seule chose qu'il retient de cette histoire, c'est que quelqu'un est en train de réaliser un rêve à sa place!

— J'ai peut-être raté ma vocation, reprend-il. Il y a beaucoup de médecins dans la littérature. Arthur Conan Doyle, Somerset Maugham, Jacques Ferron... Tenez, par exemple, prenez les deux plus grands écrivains français : Céline et Rabelais. Deux médecins!

— Vous croyez qu'il y a un rapport? fais-je, de mauvaise humeur.

— Un rapport entre littérature et médecine ? Probablement. Le fait que les médecins connaissent bien la vie et ses infections pour vivre les mains fourrées dedans à longueur de journée, peut-être. Et aussi, sans doute, parce qu'on ne peut être écrivain que pour deux raisons : parce qu'on est médecin... ou parce qu'on est malade.

Merci, docteur ! ai-je envie de dire. Je vois dans quelle catégorie il me place ! Il ne me prend pas au sérieux, c'est évident. Finalement, je repars avec un flacon de somnifères, guère plus avancé qu'auparavant.

Pourtant, dans la soirée, je repense à ce qu'il m'a dit. On ne peut être écrivain que pour deux raisons : parce qu'on est médecin... ou parce qu'on est malade. Oui, peut-être... C'est souvent le cas, il faut l'avouer. Mais que dire alors de ce type qui, incapable d'être un écrivain lui-même, vraisemblablement, se permet d'endosser la personnalité d'un autre ? Doublement malade ! Et jusqu'où peut aller sa maladie ? S'agit-il, dans son esprit, d'une simple farce, ou bien croit-il vraiment à ce qu'il fait ? Se prend-il *vraiment* pour moi ? Et, dans ce dernier cas, où cela s'arrêtera-t-il ?

Le 15 janvier, déjà. Les somnifères du docteur Hunter n'ont rien arrangé. Ils m'abrutissent plus qu'autre chose. Depuis une dizaine de jours, je n'ai pas écrit une ligne. Ma vie me semble complètement morcelée, incohérente, tombée en miettes. Je passe mes journées vautré sur mon sofa, me demandant ce qui se passe là-bas, à Vancouver, ce qu'y fait mon mystérieux double pendant que moi-même, je m'efface petit à petit...

Le téléphone me fait sursauter alors que je suis en train de nager entre deux eaux boueuses, entre deux sommeils avortés. C'est Louis Anctil. Il est enfin rentré de voyage. Il est assez tard. À demi assommé, j'ai du mal à comprendre ce qu'il me raconte. Il a l'air complètement affolé, catastrophé. Et puis je distingue le mot « police », et je me réveille tout à fait.

— C'est de la folie, a-t-il dit. Cette fois ce n'est plus de la blague. Il faut avertir la police.

— Écoute, Louis, je suis fatigué, je ne te suis pas. Peux-tu tout reprendre à zéro?

— D'accord, fait-il en essayant de poser sa voix. Voilà. L'imposteur qui se fait passer pour toi, ici, a continué d'agir durant ces deux dernières semaines. Il est apparu sept fois depuis le début de l'année. Sept fois, Louis! Dans des lieux toujours différents, des librairies, des cafés, des galeries. Il a même fait une sorte de mini-conférence dans un terrain de golf! Tu te rends compte! Il se déplace sans cesse. On dirait qu'il cherche à couvrir tout le territoire de Vancouver, et même de Burnaby, juste à côté. C'est inadmissible!

Je ne réponds pas. Je suis abasourdi. Ce gars-là est partout. N'importe où. Un terrain de golf, a dit Louis. En plein hiver! Il est complètement fou!

— Et ce n'est pas tout, ajoute Louis. L'individu s'est même offert les honneurs de la presse. Un article de deux pages dans la dernière édition du *Soleil* de Vancouver.

— Un article?

— Un entretien, en fait. Il a réussi à faire venir un journaliste à l'une de ses prestations publiques, et il lui a raconté sa vie en long et en large, avec ses goûts, des anecdotes. Des mensonges en série, je peux le dire, puisque je te connais. C'est écœurant !

— Attends, attends. Il a rencontré un journaliste, dis-tu. C'est nouveau, ça. Jusqu'ici, sauf dans le cas de sa première apparition à la librairie Manhattan, il était parfaitement insaisissable, il ne laissait pas de traces, on n'était averti de ses apparitions qu'après coup. Mais là, ce journaliste, il a bien fallu qu'il le trouve. Il doit savoir comment arriver jusqu'à lui ?

— Bien sûr, c'est ce que j'ai tout de suite pensé. J'ai immédiatement téléphoné au journal, qui m'a donné ses coordonnées, et je l'ai appelé. Il s'agit d'un dénommé Peter Aaron. Il écrit des articles littéraires à la pige pour divers journaux, en français aussi bien qu'en anglais.

— Alors ?

— Alors rien. C'est le faux Ferdine qui l'a contacté et lui a proposé de le rencontrer dans un café, au bout de Sussex Avenue, le 10 janvier dernier. Il s'y est rendu et ils ont discuté pendant deux heures. Puis Aaron a rédigé son article et l'a proposé au *Soleil*, qui l'a accepté. Mais il n'a pas revu l'individu et ne sait pas comment le joindre. Quand il a su que j'étais ton distributeur, il a eu l'air assez étonné et m'a demandé pourquoi je n'avais pas organisé l'entretien moi-même.

Une question me brûle les lèvres :

— À quoi ressemble-t-il ? Je veux dire... le faux Ferdine. Aaron te l'a-t-il décrit ?

— Pas vraiment. Je lui ai posé la question, bien sûr, mais sa description est plutôt floue. Elle pourrait correspondre aussi bien à toi qu'à moi.

— Tu plaisantes, Louis. Tu as bien une tête de plus que moi et tu es barbu comme un bûcheron !

— Ce que je veux dire, c'est que la description d'Aaron porte surtout sur des détails peu significatifs : des yeux perçants et en perpétuel mouvement, l'air de pouvoir lire dans les pensées des autres, des mains fines et expressives... C'est ce qu'il m'a dit. Un peu comme si ce n'était pas le physique de ce charlatan qui l'avait marqué, mais plutôt ses gestes, ses attitudes...

Bref, nous ne sommes pas très avancés. Il y a tout de même une chose que je ne comprends pas. Cet inconnu rôde dans Vancouver où il se fait passer pour moi, mais quelles sont ses intentions ? Au début, je veux bien, il pouvait s'agir d'un gag, d'un pari stupide, peut-être. Ou d'un irrépressible désir de reconnaissance. Mais maintenant ? Quelle notoriété peut-il gagner à ce jeu puisqu'il est contraint à la plus grande discrétion s'il ne veut pas se faire démasquer ? Au contraire, il doit intervenir en cachette, presque, et doit donc se retrouver chaque fois devant des salles vides.

Quel est le but de l'opération ? Quelle peut être la finalité de cette incompréhensible partie de cache-cache ? Il y a quelque chose de malsain dans ce jeu morbide. L'affaire me tape sérieusement sur les nerfs.

Ce gars-là est un schizophrène dangereux et je commence à avoir peur. Jusqu'où ira-t-il ? Vais-je le voir débarquer un de ces quatre matins à Calgary, où il me fera concurrence ? Ne va-t-il pas passer à l'étape suivante, envoyer un manuscrit à mon éditeur, ou à un autre, en mon nom? Non plus se faire passer pour moi, mais prendre ma place, définitivement?

C'est mon existence même que je sens menacée, avalée, digérée par ce parasite qui est en train de grandir à mes dépens, comme un de ces insectes dont les œufs ont été pondus directement sur un autre animal vivant pour vivre de sa chair, à peine éclos. De chair toujours fraîche... La tête me tourne...

— Louis! Tu m'entends!

Au téléphone, Louis Anctil s'affole.

— Oui, oui, je suis là, dis-je péniblement en revenant sur terre.

— Louis, il faut absolument arrêter ce fou avant qu'il ne commette quelque chose d'irréparable. Quoi, je ne sais pas. Mais il ne faut pas le laisser faire. Je vais appeler la police.

— La police? Tu ne sais pas ce qu'elle pense des écrivains, mon pauvre vieux. Elle va t'envoyer au diable, la police! Des amusements innocents de scribouillards, tout ça. Elle a d'autres chats à fouetter, la police. Voilà ce qu'elle va te dire, Louis.

— Qu'est-ce que tu proposes, alors ?

— Je ne vois qu'une chose à faire. Je saute dans ma voiture et je fonce à Vancouver. En roulant toute la nuit, j'y serai demain.

— Neuf cents kilomètres, Louis ! Tu seras crevé. Prends au moins l'avion.

— L'avion ? Tu crois que j'ai les moyens ?

Il ne répond pas. Bien tiens. Il connaît mes tirages, lui aussi...

4

QUADRILLAGE EN RÈGLE

Golden, Revelstoke... Des noms de pommes ou de quincailleries! Après Banff ou Lac-Louise, stations touristiques, on tombe sur ces petites villes bizarres au nom comique, coincées entre deux pans de montagnes, loin de tout. Vivant de quoi?

Les Rocheuses sont énormes, tout autour de moi, oppressantes, comme un étau. Je ne me sens pas très rassuré, perdu entre ces gigantesques murs qui semblent à tout moment vouloir s'écrouler sur moi.

En tout cas, une chose est certaine : je ne serai pas à Vancouver ce matin. Tard dans l'après-midi, peut-être, avec un peu de chance. J'avertirais bien Louis, mais je viens de m'apercevoir, dans ce café de Golden où je suis en train de faire une pause en plein cœur de la nuit, que j'ai oublié d'emporter mon carnet d'adresses. Traverser les Rocheuses en janvier ! Il faut être malade...

C'est pourtant la seule solution. Il y a plus malade que moi ! Le comportement de mon double, là-bas, est pour le moins étonnant. Il lui semble dicté moins par un raisonnement que par une obsession maniaque, une sorte de folie que la logique ordinaire ne peut pas pénétrer.

Avant de partir, j'ai acheté une carte détaillée de Vancouver. Pour mieux me représenter les faits et gestes de l'imposteur, j'ai marqué à l'encre rouge les endroits où il s'est produit. Comme me l'a fait remarquer Louis, l'inconnu semble avoir l'intention de couvrir toute la ville, non seulement Vancouver, mais aussi Burnaby.

Puis je me suis rendu compte que les lieux choisis pour ces interventions publiques, qui ont eu lieu régulièrement tous les deux jours depuis le 2 janvier, dessinaient presque un carré parfait. Curieux. Effet du hasard ? Possible. Vancouver, comme la plupart des villes d'Amérique du Nord, est quadrillée par un réseau de rues parallèles et perpendiculaires. Un itinéraire quelconque a donc toutes les chances d'affecter une forme géométrique.

Mais je n'y crois pas. Et puis il ne s'agit pas d'une figure quelconque. Un carré, aussi nettement tracé, ça ne peut pas être fortuit. Trop précis, trop... carré, justement.

Le premier point, la librairie Manhattan, sur Georgia, à l'angle de Seymour, forme l'angle nord-ouest de la figure. Le coin suivant est une cafétéria proche du carrefour Cambie Street et Marine Drive. Puis il y a ce café de Sussex Avenue, proche de Marine Drive, dans lequel Peter Aaron a rencontré le mystérieux personnage et s'est entretenu avec lui. Enfin, dernier angle du carré, au nord-est, la petite galerie de peinture où a eu lieu sa dernière apparition, avant-hier soir, 14 janvier, au carrefour de Willingdon Avenue et de Hastings Street. La boucle est-elle donc bouclée ?

Non, pas tout à fait. Il manque un point ! Chaque bord du carré, outre les deux angles qui en marquent l'extrémité, est marqué par un point situé à peu près

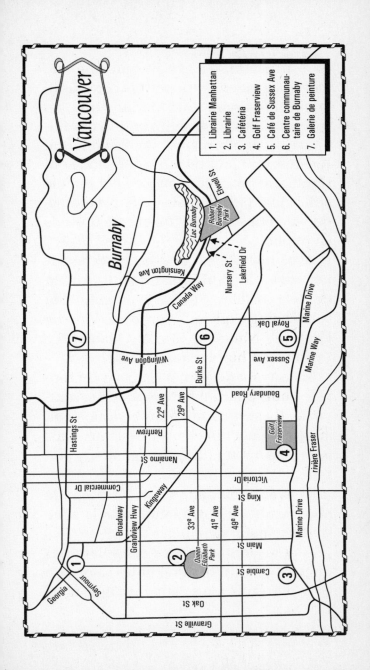

en son centre : la librairie au bord de Queen Elizabeth Park pour le côté ouest, le golf Fraserview sur Marine Drive au sud et, à l'est, un petit centre communautaire de Burnaby, sur Willingdon Avenue, tout près de Burke Street. Ce qui signifie, si l'on s'en tient à ce qui semble être la logique infernale du faux Ferdine, que ce dernier apparaîtra encore une fois en public !

Avec une règle, j'ai donc cherché sur ma carte le point manquant. Aucun doute possible : l'événement aura lieu sur Hastings, quelque part entre Victoria Drive et Nanaimo Street. Quand ? Le 16 janvier à huit heures. Ce soir !

Juste avant de quitter Calgary, j'ai rappelé Louis pour lui faire part de ma trouvaille. Il est resté muet un bon moment, au téléphone, puis il s'est exclamé, dans la meilleure tradition du genre : « Bon sang, mais c'est bien sûr ! »

Il m'a immédiatement proposé de nous rendre, dès ce matin, dans la zone suspecte pour y enquêter.

— Nous ferons les bars et les librairies un par un, a-t-il déclaré. Et les salons de thé s'il le faut ! Mais cette fois, il ne nous

échappera pas ! Si je ne t'ai pas vu auparavant, tu me retrouveras chez moi, sur
Granville, vers six heures du soir. J'aurai
l'information, je te le garantis ! Nous
allons le coincer, Louis !

Nous allons le coincer... Si ma voiture
veut bien me conduire jusque-là avant
qu'il ne soit trop tard !

En fait, il fait encore jour lorsque
j'arrive à Vancouver. Je suis exténué. Dix
fois j'ai failli quitter la route ou emboutir
un camion parce que je m'endormais
au volant. De Golden à Kamloops, le
voyage a été horrible. Neige, vent,
brouillard... Un cauchemar ! Je dois avoir
l'air d'un zombi.

En traversant Surrey, juste avant de
passer la rivière Fraser, je décide de
m'arrêter dans un motel pour me raser et
me reposer un peu. D'ailleurs, Louis a
une femme et des enfants, je ne peux pas
débarquer comme ça chez lui, avec cette
allure d'épouvantail. Je leur ferais peur !

Quelques instants plus tard, rasé proprement, je m'allonge sur le lit, sans
même enlever mes chaussures. Juste le
temps de fermer les yeux...

Quand je les ouvre, il fait nuit ! Encore ! C'est une manie ! Je jette un coup d'œil à ma montre. Neuf heures ! C'est vraiment à pleurer. Ou à mourir de rire. Je viens de m'envoyer près de mille kilomètres pour débusquer une crapule qui me vole ma place et, au lieu de tout faire pour lui sauter dessus, je m'endors ! Je suis à tuer, vraiment !

Heureusement que Louis doit être là-bas. Que faire, maintenant ? Aller déambuler sur Hastings Street ne servirait à rien. Je suppose que Louis ne s'y tient pas sur le trottoir, tenant le fou par l'oreille, en attendant que j'arrive. Le mieux à faire, c'est d'appeler chez lui. Des Louis Anctil, il ne doit pas y en avoir cinquante à Vancouver. Je le trouverai dans l'annuaire.

Dès la première sonnerie, on répond. C'est lui. Il a l'air nerveux. Ça ne lui ressemble pas. Alors, a-t-il mis la main sur le gibier ?

— Je n'y comprends rien, Louis, me fait-il d'un ton piteux. J'ai passé ma journée à arpenter Hastings de Renfrew jusqu'à Commercial Drive, et toutes les rues adjacentes. Je suis entré dans tout ce qui était susceptible d'abriter une prestation d'écrivain, j'ai questionné les gens, rien. Aucun résultat.

— Le gars s'est méfié, sans doute. Ou bien il s'est lassé...

Je n'y crois pas moi-même, évidemment. Ce genre de type ne se lasse pas, il suit son idée fixe jusqu'au bout. Et de toute façon, même s'il ne s'était pas rendu à une rencontre prévue, par peur de se faire pincer, les gens chez qui elle devait se dérouler auraient au moins été au courant. Or, Louis m'assure que personne, dans tous ces endroits qu'il a passés au peigne fin, n'a jamais entendu parler de Louis Ferdine, ni du vrai ni du faux.

— Je suis crevé, reprend Louis, découragé. Je ne sais plus quoi faire.

Moi non plus, je dois dire. Ce type se moquera de nous jusqu'au bout. Si toutefois il y a une suite. Après tout, ce carré dessiné par l'itinéraire de mon insaisissable double n'est peut-être que l'effet du hasard. Ma théorie, en tout cas, s'est soldée par un échec.

Encore un de ces trucs littéraires qu'utilisent les écrivains. J'ai été bien naïf de croire que je pourrais le transposer dans la réalité. S'il y a deux Louis Ferdine à Vancouver, je ne suis même plus sûr d'être le bon... Est-ce que je me suis tapé tout ce voyage pour rien ?

Ce serait ridicule. Et pourtant... Demander à Louis de m'organiser une séance de signatures, une vraie ? Je n'en ai absolument aucune envie, et je suppose qu'il ne serait pas très chaud, lui non plus. Ce fou a vraiment réussi son coup : je n'ai même plus le goût d'être moi-même, de dénoncer son imposture. J'abandonne, je lui laisse la place...

— Écoute, Louis, dis-je enfin d'une voix lasse. Je suis vidé. Ce type a gagné. Il est plus fort que nous, il faut l'avouer. Plus tortueux, plus cynique... Je ne fais pas le poids.

— Que comptes-tu faire, alors ?

— Rien. Rentrer chez moi. Essayer d'oublier, considérer tout ça comme une plaisanterie stupide. Et puis dans le fond, combien de personnes ce type a-t-il vraiment rencontrées, combien s'en souviendront dans une semaine ? Nous nous faisons peut-être du mauvais sang pour rien, l'impact de cette mascarade sera probablement nul, au bout du compte.

— En ce qui concerne Marc, ça ne présente pas de difficulté, j'arrangerai ça dès demain. Tu pourras venir avec moi, d'ailleurs, ça rétablira un peu d'ordre dans cette affaire. Mais il y a l'article de presse, tout de même. Ça, ça laisse des traces.

L'entrevue avec le nommé Aaron, c'est vrai. Je l'avais oubliée. Je devrais peut-être aller le voir, ce journaliste, avant de quitter Vancouver. Essayer de savoir à quoi ressemble véritablement l'autre, quelle image il a pu donner de moi. Aaron, comme Marc, semble avoir été subjugué par mon double.

Il y a très certainement une part importante de jalousie dans ce que je ressens, pourquoi le nier ? Ce type a été bon, il a impressionné ses interlocuteurs, ce dont je n'ai jamais été capable. Et s'il a pris ma place, c'est peut-être parce qu'il la mérite mieux que moi ! Mais comment expliquer tout ça à Louis ? Je ne peux pas. C'est trop personnel, trop intime. C'est de moi qu'il s'agit, de moi seul. Je ne veux pas de témoin...

Ma décision est prise. Je n'irai pas à la librairie Manhattan, demain. Je ne rencontrerai pas Marc. Ce problème de relations publiques est du ressort de Louis, il se débrouillera sans moi. Pour ce qui est d'Aaron, c'est différent. J'irai seul. Je veux savoir qui, de l'autre ou de moi-même, laissera sa marque en tant que Louis Ferdine.

Un peu honteux de mon mensonge, je souhaite donc le bonsoir à Louis en lui disant à demain.

J'ai peu dormi, cette nuit. Après ma conversation avec Louis, je suis allé traîner dans Vancouver. Je suis passé devant ces lieux incongrus où Ferdine, l'autre, a rencontré son public. Incongrus, sans doute, parce que choisis en fonction de leur emplacement géographique au détriment de toute autre considération. Un carré. La figure parfaite. Et pourtant, il y a eu une faille dans le système puisque, hier soir, Louis Ferdine ne s'est pas manifesté.

Je ne suis rentré qu'aux petites heures du jour pour me coucher, harassé. Et je ne me suis réveillé qu'en début d'après-midi. Un appel au *Soleil* de Vancouver m'a suffi pour obtenir le numéro de Peter Aaron. Celui-ci, à qui je me suis présenté comme étant Louis Ferdine, n'a fait aucune difficulté pour accepter de me rencontrer. Il m'a donné rendez-vous chez lui, tout simplement, à cinq heures, le lendemain. J'en déduis que l'imposteur a sensiblement la même voix que moi. Dois-je en être étonné ?

Aaron habite à Surrey, pas très loin de mon motel, dans un petit appartement. Il m'a indiqué que son vrai nom n'était pas Peter Aaron mais Petrus Aula, et qu'il avait choisi ce pseudonyme — qu'il utilise pour signer ses articles — en immigrant au Canada, dans un souci d'intégration.

— Si je vous explique cela, a-t-il ajouté, c'est pour que vous ne cherchiez pas inutilement mon nom sur la liste des locataires au moment de sonner.

J'ai passé le reste de la journée et une bonne partie de la nuit à errer dans Vancouver. La marche à pied me fait du bien. Sans doute parce que je suis incapable de faire deux choses à la fois et que, quand je marche, je ne pense donc pas. C'est reposant. Je suis rentré à l'aube et ai dormi jusqu'au milieu de l'après-midi.

Quatre heures trente. Il est temps. Douché, rasé, je me rends enfin chez ce Aaron-Aula. L'immeuble se trouve dans une petite rue tranquille, dans le sud de Surrey. C'est une construction modeste et assez ancienne. Après avoir trouvé son nom sur la liste de l'interphone, je sonne et m'identifie.

— Montez donc, monsieur Ferdine. Je vous attends !

Troisième étage. Le couloir est assez sombre. La minuterie ne fonctionne pas. Tout au bout, une porte est entrouverte. Je me dirige vers elle.

La porte s'ouvre un peu plus, donnant davantage de lumière, et une silhouette s'y encadre. L'homme a à peu près ma taille. Il tend un bras vers moi, souriant. Puis, comme je m'approche, son sourire disparaît pour faire place à une sorte de grimace. Il recule brusquement et claque sa porte.

Qu'est-ce que ça signifie ? Je vérifie le nom sur la porte. Petrus Aula. C'est bien ici. Je sonne. La porte s'ouvre vivement, à demi, et la figure de Petrus Aula apparaît de nouveau dans l'embrasure.

— Qu'est-ce que vous voulez? marmonne-t-il.

— Je suis Louis Ferdine, dis-je en m'efforçant de sourire. J'ai rendez-vous avec vous...

— Louis Ferdine? Vous vous fichez de moi!

5

LA SIGNATURE

Il n'a pas été facile de faire entendre raison à ce vieil entêté de Petrus Aula. Il a bien mis dix minutes avant de me faire pénétrer chez lui, refusant de croire que j'étais vraiment Louis Ferdine.

Finalement, il n'a bien voulu me laisser entrer, à contrecœur toutefois, qu'après ma troisième tentative d'explication. Il est rentré dans son appartement à reculons, comme un homard terrifié, sans me quitter des yeux un seul instant, et s'est rendu ainsi jusque dans son bureau, où il s'est installé derrière une table massive encombrée de papiers.

Se sentant peut-être protégé par ce meuble, l'air mal à l'aise quand même, il a enfin repris la parole, tandis que je m'asseyais sur une petite chaise, en face de lui :

— Ainsi, vous prétendez être Louis Ferdine. Bien sûr, vous avez presque la même voix, la même taille. De loin, on pourrait vous confondre. Seulement moi, monsieur, j'ai rencontré Louis Ferdine deux fois cette semaine. La première fois, j'ai passé plus de deux heures avec lui, pendant lesquelles nous avons eu une très intéressante conversation. Comment pourrais-je me tromper ? Hier soir encore, il m'a parl...

— Vous l'avez revu hier ! m'exclamé-je en l'interrompant.

— Bien sûr. Hier soir, monsieur Ferdine donnait une conférence à l'Université Simon Fraser, à laquelle il m'avait fait l'honneur de m'inviter. Il a repris — fort brillamment, je dois le dire — un thème qu'il n'avait fait qu'ébaucher lors de mon premier entretien avec lui.

— Le thème du double, dis-je avec une ironie que je voudrais mordante.

— Oh, certainement pas. Monsieur Ferdine ne perd pas de temps avec des sujets aussi éculés. Il a développé sa théorie sur l'inscription de la fiction dans la réalité et la prééminence de la première sur la seconde.

Qu'est-ce que c'est que ce charabia? Jamais, dans mes livres, je n'ai évoqué de théorie semblable, ni de près ni de loin. Je ne suis même pas sûr de comprendre ce que cela signifie.

— Bien entendu, reprend Aula, monsieur Ferdine a reparlé de son admiration pour Jorge Luis Borges et ses constructions aussi parfaites que l'horlogerie suisse...

Je ne sais pas quoi dire. J'aime Borges, c'est entendu. Ses *Fictions* sont même un de mes livres de chevet. Mais mes propres livres n'ont rien à voir avec les siens. Ma modeste littérature est aussi loin de la sienne qu'un crapaud peut l'être d'un aigle à tête blanche. Quelle a été la raison de ce discours?

Aula n'a pas l'air d'être gêné par mon silence stupéfait. Son admiration évidente pour Louis Ferdine, celui qu'il a rencontré à deux reprises, en tout cas, est telle qu'il semble parler comme dans un rêve.

— Voyez-vous, continue-t-il, Louis Ferdine ne fait aucune différence entre la fiction et la réalité. Il les intègre l'une à l'autre dans un tissu extraordinaire dans lequel il devient impossible de discerner qui est qui, de distinguer le vrai du faux. L'œuvre devient vivante au cœur même de la vie, elle se fond en elle, l'absorbe...

Petrus Aula ne me regarde plus. Il semble porté par son discours au-delà des murs de cette pièce, il a l'air d'évoluer dans un autre monde. Ses yeux brillent d'une sorte de fièvre. Quel âge peut-il avoir? Cinquante ans, soixante? Plus? Difficile à dire. Plutôt maigre, il a l'air d'un homme physiquement au bout du rouleau, qui ne vit plus que pour sa passion.

Quand par hasard son regard retombe sur moi, j'ai l'impression qu'il n'exprime qu'une sorte de pitié ou de condescendance. Moi, si minable devant lui, si pitoyable, je serais le vrai Louis Ferdine? Non, il ne l'acceptera jamais, c'est évident. Même si je lui mettais sous le nez mon permis de conduire ou une quelconque pièce d'identité, il me dirait que c'est un faux.

Il n'y a rien à tirer de ce pauvre type. Il vit dans un autre monde. Il n'a pas pris la peine de me demander qui j'étais,

alors qu'il me dénie ma véritable identité. C'est bien simple : pour lui, je
n'existe même pas !

Une seule chose m'intéresse maintenant. Aula est-il au courant de la suite
du programme ?

— Et, euh, pensez-vous revoir Louis
Ferdine prochainement ?

— Je ne sais pas. Monsieur Ferdine ne
me tient pas au courant de ses faits et
gestes, vous pensez bien. Mais je crois
qu'il est encore à Vancouver jusqu'à
demain. Je vous souhaite vivement de
le rencontrer. C'est une expérience
extraordinaire...

— Eh bien, monsieur Aula, fais-je en
me levant. Je vous remercie beaucoup
pour vos explications, mais je ne voudrais pas abuser de votre temps.

Déjà six heures. Dehors, il fait complètement nuit et ce bureau est très sombre
maintenant. En sortant, je cherche
vaguement mon manteau, que j'avais
déposé sur une chaise en entrant. Petrus
Aula, qui s'est levé également et paraît
avoir laissé de côté sa méfiance à mon
égard, le ramasse par terre, où il était
tombé, et me le tend après l'avoir

épousseté et remis en forme. J'ouvre moi-même la porte et sors sans me retourner.

Quelques secondes plus tard, je me retrouve dans la rue, où je rejoins ma voiture. Avant de démarrer, je me retourne vers l'immeuble. Là-haut, au troisième, la lumière de l'appartement d'Aula vient de s'éteindre.

Tout en roulant, je repense à ce que ce vieux fou vient de me raconter. Je me rends compte que, étourdi par son discours — par le discours de l'imposteur, en fait — je ne l'ai pas fait parler de l'individu lui-même. L'homme me ressemble un peu, semble-t-il, mais c'est maigre, comme indice. Je n'ai eu droit qu'à ses conceptions sur la littérature.

J'en reviens donc à la seule information tangible que j'ai retirée de cette rencontre. Hier soir, alors que Louis cherchait mon double sur Hastings Street, celui-ci apparaissait ailleurs. À l'Université Simon Fraser.

Sitôt rentré au motel, je déplie ma carte de Vancouver sur le lit pour localiser l'endroit. Voyons. L'université se trouve à Burnaby. C'est curieux. Le campus est situé dans l'exact prolongement de Hastings Street. Mais pourquoi vers l'est, alors que pour terminer la représentation de son carré, l'inconnu aurait dû tourner dans l'autre sens?

Je suis pourtant certain que cet itinéraire n'est pas fortuit. Mon raisonnement, à la base, est bon. J'en suis persuadé. Quel est donc le détail qui cloche? Quelle erreur ai-je faite dans l'interprétation de la figure?

Penché sur la carte, la tête entre les mains, j'essaie de voir de quelle manière relier mes points rouges pour qu'apparaisse la clé de l'énigme.

La figure incomplète que j'ai sous les yeux ne peut cependant plus être un carré. Un trapèze? Non, je fais fausse route, avec cette géométrie d'école primaire. C'est manifestement un leurre destiné à tromper l'observateur trop peu attentif. Voyons. Tout d'abord, combien manque-t-il de points?

D'après Aula, le faux Ferdine est encore à Vancouver jusqu'à demain. Ce qui voudrait dire que ce soir, 18 janvier, il apparaîtra une dernière fois avant de s'évanouir.

De nouveau, je me plonge dans la contemplation de ma carte. Un autre point, un seul... Et si je ne dois pas chercher une figure géométrique, que dois-je chercher ? Comment l'étrange inconnu va-t-il choisir de signer son œuvre ?

Signer son œuvre ! Bien sûr, c'est évident ! Tout s'éclaire ! Ce que j'avais pris pour un carré, avec les sept premiers points, n'en était pas un. Ou alors, il aurait fallu que la quatrième intervention ait lieu non pas au golf Fraserview, mais un peu plus à l'ouest. Mon erreur a été de ne vouloir voir dans ce casse-tête qu'un unique dessin. Or, ce n'est pas de ça qu'il s'agit.

Si, avec mon stylo, je joins les points dans l'ordre chronologique, en levant ma pointe entre le quatrième et le cinquième, je n'obtiens pas une figure mais deux, deux lettres, dont la seconde est incomplète mais aisément reconnaissable : L. et F. Mes initiales ! Ce fou a dessiné mon nom dans les rues de Vancouver !

Dans quel but ? L'inscription de la fiction dans la réalité, comme il l'a dit à

Petrus Aula ? Peu importe. Ce qui est sûr à présent, c'est que je sais où le retrouver.

Je reprends mon stylo et commence à tracer la deuxième barre du F, dont la pointe m'indiquera où se produira enfin la confrontation avec mon double.

Le résultat est bizarre. A-t-il l'intention de prononcer un discours sur un bateau ? Mon tracé m'amène en plein dans le lac Burnaby. Me serais-je encore trompé ?

À moins que... Mais oui, bien sûr. Si je veux faire les choses proprement, je dois respecter la calligraphie et tracer la deuxième barre de mon F plus courte que la première. Ce qui me ramène à l'ouest du lac. Où, exactement ? Dans le prolongement du deuxième point et du sixième, ce dernier marquant évidemment le point de départ de la barre.

En fait, je ne tombe pas exactement à l'ouest du lac, mais au sud. À part la Transcanadienne, il n'y a pas grand-chose dans ce coin-là. Où mon fantôme va-t-il choisir de se produire ?

J'examine la carte de plus près. Entre la Transcanadienne et le lac, il n'y a qu'un parc. Il ne va tout de même pas parler aux arbres ! Tout à coup, mon œil

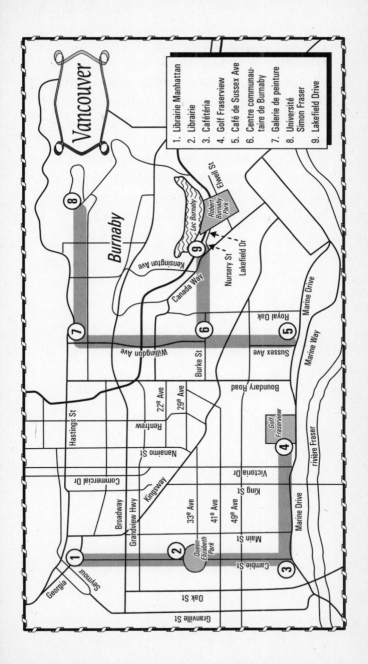

Vancouver

Burnaby

1. Librairie Manhattan
2. Librairie
3. Cafétéria
4. Golf Fraserview
5. Café de Sussex Ave
6. Centre communau-
   taire de Burnaby
7. Galerie de peinture
8. Université
   Simon Fraser
9. Lakefield Drive

est attiré par le nom d'une petite rue, parallèle à la Transcanadienne. Lakefield Drive. Lakefield! Mais oui, bien sûr! **Lake Field**! L. F. La signature, de nouveau!

Il n'y a plus aucun doute possible. Ce soir à huit heures, c'est-à-dire dans un peu moins d'une heure, les deux Louis Ferdine vont enfin se rencontrer!

DEUXIÈME PARTIE

Le docteur Hunter

1

LE CRIME

Ce pauvre Ferdine! Dans quel enfer est-il encore allé se fourrer? C'est vrai, on dirait qu'il les attire, les ennuis. Il les aura collectionnés jusqu'au bout. Et pas des moindres...

En tant que médecin, cependant, je me refuse à admettre qu'il existe quelque chose comme le destin ou la fatalité. Ce serait trop facile. Tout a une cause, je ne crois pas au hasard.

Ce n'était pas l'avis de Ferdine. Il me le disait encore récemment, alors qu'il était venu me rendre visite à mon cabinet :

— Docteur, je suis aux catastrophes ce que le miel est aux mouches. Je n'y comprends rien, c'est une calamité, ça me colle à la peau. Je ne cherche pourtant pas les ennuis, je suis bien sage dans mon coin, je ne fais de tort à personne. Alors, pourquoi est-ce que je me retrouve toujours au cœur des imbroglios les plus sinistres, de crimes en série, de pièges machiavéliques ?

— Mon cher, avais-je répondu en riant, c'est le lot des artistes. La littérature vous a rattrapé tout simplement !

Ferdine, lui, ne s'était pas départi de son air sérieux.

— Ça n'a pas de sens, docteur. Vous êtes bien médecin, vous. Et pas plus malade qu'un autre...

— Bah, vous savez, mes artères, mes articulations, l'âge...

La conversation s'était arrêtée là. J'avais tendance à oublier, parfois, que Ferdine était totalement dépourvu du moindre sens de l'humour, surtout en ce qui concernait son métier. Tant pis. Mais ça ne lui manquera plus, maintenant, puisqu'il est mort...

Je viens d'apprendre la nouvelle. C'est atroce. J'aurais peut-être dû prendre son histoire plus au sérieux. Ferdine m'était assez sympathique, dans le fond. Et l'article du *Calgary Herald* de ce matin m'a fait un choc, je dois l'avouer.

Burnaby (C.-B.), 19 janvier — Le cadavre d'un homme, abattu d'un coup de feu à bout portant, a été retrouvé cette nuit dans un parc de Burnaby, près de Vancouver. Le corps, dont le visage a été très abîmé par la balle, a été identifié comme étant celui de Louis Ferdine, un résident de Calgary. On ignore présentement les circonstances du crime, mais la police enquête et nous suivons de près ses investigations.

Ferdine assassiné ! C'est tout de même incroyable. Destin, vraiment ? Je finirais presque par y croire. Après avoir été mêlé à des affaires invraisemblables de crimes en série, le voilà victime à son tour d'un meurtrier inconnu.

Mais pourquoi l'a-t-on tué ? Ferdine était un écrivain inoffensif — comme le sont tous les écrivains dans un pays comme le nôtre. Crime crapuleux, hasard étonnant ? Ou bien ce meurtre sordide est-il lié à cette sombre histoire de double qu'il est venu me raconter sans que j'y prête attention ?

Ferdine, qui ne voyageait pratiquement jamais, est mort à Vancouver, là où un imposteur se faisait passer pour lui. Sur le moment, bien sûr, je n'avais attaché aucune importance à cette anecdote, que je trouvais plutôt savoureuse. J'y voyais une sorte de canular littéraire comme aiment à en imaginer certains journalistes. Une farce, rien de plus.

Et pourtant... C'est probablement la raison pour laquelle il s'est rendu là-bas. Et c'est là qu'il a trouvé la mort. Coïncidence ? Je n'aime pas trop ce mot, qui ne cache souvent que notre incapacité à comprendre l'enchaînement des événements.

Pourquoi Ferdine est-il mort ? Y a-t-il eu bagarre avec cet imposteur qu'il aurait finalement retrouvé ? Cette affaire apparemment anodine n'était-elle que la partie visible de quelque complot plus vaste, et Ferdine a-t-il été supprimé parce qu'il avait découvert quelque chose ? Hum, je me laisse aller.

Je ne peux cependant pas rester sans rien faire. J'ignore si la police est au courant, à propos de la mystification du faux Louis Ferdine mais, si elle ne l'est pas, il serait peut-être de mon devoir de l'en informer.

Je suppose que les policiers de Vancouver sont chargés de l'enquête, mais ici, à Calgary, quelqu'un est probablement en contact avec eux, ne serait-ce que pour leur communiquer le dossier de la victime. Bien que je n'aie pas souvent eu affaire avec la police, j'en connais au moins un représentant : l'inspecteur Allan*.

Après quelques coups de fil, j'apprends que c'est justement lui qui doit faire le lien avec les enquêteurs de Vancouver. Il est à son bureau, on me le passe.

— Bonjour, docteur Hunter. Il y avait longtemps... Auriez-vous tué un de vos patients ?

Je reconnais l'humour grinçant d'Allan.

— Pas cette fois, inspecteur. Encore que... Je vous appelle à propos de l'affaire Ferdine.

— Ah, vous avez appris la nouvelle. Vous exagérez toutefois un peu, docteur. Il n'y a pas d'affaire Ferdine. Il s'agit vraisemblablement d'un crime crapuleux sur lequel la lumière sera faite dans les heures qui viennent.

---

* Voir *Série grise*, Collection Atout policier n° 40.

— Que voulez-vous dire ?

— On a retrouvé l'arme du crime près du corps. L'analyse balistique est claire : c'est bien celle qui a tué Ferdine. Elle se trouve maintenant au labo pour le relevé des empreintes. Dans ce genre de cas, le meurtrier est identifié, découvert et arrêté en quelques heures.

— Je vois. Eh bien dans ce cas, je pense que l'information dont je disposais ne vous sera pas d'une grande utilité. Je ne vais pas vous importuner davantage...

— Allons, ne vous vexez pas, docteur. Toute information est bonne à prendre. Et puis, le coupable, nous ne le tenons pas encore.

Je raconte donc à l'inspecteur Allan ma brève entrevue avec Ferdine, en insistant sur cette étrange histoire de double qui, à mon avis, a poussé la victime à effectuer ce voyage. Le dernier...

— Mouais, bougonne enfin Allan après un bref silence. Je vais communiquer ce tuyau à Vancouver. Ils verront ce qu'on doit en faire. Décidément, rien n'est jamais simple avec Ferdine. Pour ma part, vous savez ce que je pense des écrivains : des types immatures qui ne sont jamais sortis des rêves de leur adolescence.

— Il y en a d'excellents, objecté-je.

— Allons, docteur. Quel besoin d'inventer des histoires, enfin ? Vous ne trouvez pas qu'il en arrive suffisamment tous les jours, et des bien plus gratinées que celles que nous servent les auteurs ? Nous sommes bien placés pour le savoir, vous et moi. Un écrivain, c'est quelqu'un qui n'est pas *fini*, vous comprenez, une ébauche, un brouillon, un individu inachevé. Hors du temps, hors de la réalité. L'ennui pour eux, c'est que la réalité est toujours gagnante. Dans le cas de Ferdine, c'est clair et net...

Bien sûr, il n'a peut-être pas entièrement tort, Allan. Surtout en ce qui concerne Ferdine. Mais je m'abstiens de prolonger la conversation en lui faisant part de ce que je pense de la littérature en général. Je n'aime pas la polémique.

Après avoir raccroché, je reste perplexe. Ne pas faire le lien entre l'assassinat de Louis Ferdine et la raison de son voyage à Vancouver, c'est-à-dire l'existence de ce mystérieux double, me semble une erreur. Allan est-il si naïf ? Ou bien le cas n'est-il pas aussi clair que l'inspecteur a bien voulu le dire, et n'a-t-il pas pour consigne de ne rien dévoiler qui puisse entraver la progression de l'enquête ?

D'un autre côté, je me demande si l'on peut vraiment tuer pour la littérature. Je veux dire pour des raisons purement littéraires. Un individu qui se faisait passer pour l'écrivain Louis Ferdine a-t-il pu aller jusqu'à le supprimer totalement, dans le but assez irréaliste de prendre sa place ? Ça me semble assez invraisemblable.

Bah, je le saurai en lisant le journal demain. Les reporters sont tenaces et ils finiront bien par apprendre quelque chose.

Je n'ai pas à attendre jusque-là. Dans le courant de l'après-midi, l'inspecteur Allan m'appelle à mon cabinet.

— Docteur, j'avais raison, annonce-t-il avec une certaine satisfaction. Les choses n'ont pas traîné, l'assassin de Ferdine a été identifié. L'examen des empreintes digitales relevées sur l'arme du crime ne laisse aucun doute. Le tueur est un certain Peter Aaron, journaliste à la pige domicilié à Surrey. Aaron a réalisé, il y a une dizaine de jours, une entrevue avec notre écrivain favori qu'il a publiée dans le *Soleil* de Vancouver.

— Article injurieux, j'imagine.

— Non, au contraire, rétorque Allan. C'est étonnant, d'ailleurs. L'article était plutôt élogieux et on ignore tout pour l'instant des mobiles qui ont pu pousser le journaliste à commettre cet acte. Aaron est introuvable. Il a disparu depuis deux jours. Néanmoins, la chasse est ouverte. Ce n'est sans doute qu'une question d'heures.

Allan a raccroché. C'est curieux. Pourquoi ce journaliste aurait-il tué Louis Ferdine après avoir écrit sur lui un article que le policier qualifie d'élogieux? Et qu'est devenu l'étrange imposteur qui se produisait à la place de l'écrivain?

L'imagination n'est pas mon fort, d'habitude, mais, compte tenu de ce que m'a raconté Ferdine l'autre jour, j'en viens à me poser une question, une question tout à fait saugrenue et qui ne me ressemble guère : quel est le Louis Ferdine dont on a retrouvé le cadavre? Le « vrai » ou... le « faux » ?

2

ASSASSINAT OU SUICIDE?

Un coup de téléphone me réveille. C'est Allan.

— Docteur Hunter? Je suis désolé de vous appeler à une heure aussi tardive, mais je crois que je vais avoir besoin de vous.

— Une mauvaise grippe, inspecteur? Vous m'avez pourtant l'air en pleine possession de vos moyens...

— L'heure n'est plus à la plaisanterie, docteur. Savez-vous où se trouve Louis Ferdine?

Le ton de l'inspecteur est sec. Effectivement, il n'a pas l'air de rire. Cependant, sa question est bizarre. Je ne crois pas à la résurrection des écrivains, et je n'aime pas les questions en forme de piège. Je réplique avec flegme :

— Je pense que son cadavre doit encore être à la morgue de Vancouver, non ?

— Je vous le répète, c'est sérieux, maintenant, reprend l'inspecteur d'un ton agacé. Il y a bien un cadavre à la morgue, mais ce n'est pas celui de Ferdine. Je viens de le constater moi-même !

— Ah, vous êtes à Vancouver ?

— Belle déduction, docteur.

— Mais comment le corps a-t-il pu changer d'état civil ? Vous-même, tout à l'heure...

— C'était une erreur, fait Allan sèchement. Le cadavre découvert cette nuit avait été identifié un peu hâtivement par mes collègues d'ici comme étant celui de Ferdine parce que dans sa poche se trouvait le portefeuille de l'écrivain. C'est au moment de la reconnaissance du corps par un témoin qu'on s'est aperçu de la méprise.

— Un témoin ? Je pensais que Ferdine n'était jamais allé à Vancouver auparavant. Il avait de la famille là-bas ?

— De la famille, non. Son agent littéraire. Enfin, le représentant de son éditeur, un nommé Louis Anctil. La police de Vancouver l'a fait venir pour l'identification à la morgue, et il a juré que le cadavre ne pouvait en aucun cas être celui de Ferdine, qu'il prétend bien connaître. Ça se passait hier. On m'a donc appelé. Comme apparemment il n'existe aucune photo publique de notre hurluberlu, je me suis rendu moi-même à Vancouver pour vérifier. Anctil a raison. Le mort n'est pas Ferdine.

— Qui est-ce, alors ?

— Accrochez-vous bien. Il s'agit tout bonnement de Peter Aaron ! Le présumé criminel...

— Mais pourquoi cet individu se promenait-il avec les papiers d'identité de Louis Ferdine ?

— Je n'en sais rien, docteur. Toutes les hypothèses sont ouvertes. Tout ce dont nous sommes sûrs, c'est que le mort s'appelle Peter Aaron.

— Qui l'a tué, alors ? Les empreintes sur le revolver...

— Nous avons vérifié. Ce sont bien les siennes. Voilà ce qui nous tracasse.

— Il s'agirait donc d'un suicide ?

— Je vous l'ai dit, toutes les possibilités sont à considérer. Apparemment, en effet, il pourrait s'agir d'un suicide. L'arme se trouvait près du corps quand la police est arrivée. Dans l'hypothèse où Aaron se serait enlevé la vie lui-même, on peut penser que le revolver lui a échappé des mains lorsqu'il s'est abattu sur le sol. Pourtant...

— Pourtant ?

— La disposition des empreintes sur la crosse est curieuse. Inhabituelle. Elle démontre que Peter Aaron a tenu le revolver face à lui, à bout de bras, en le tenant à l'envers, ce qui me semble assez incompréhensible. Ou alors, ce n'est pas lui qui a tiré et l'assassin, après l'avoir exécuté à bout portant, aura essayé de glisser l'arme dans les mains de sa victime pour qu'elle y laisse ses empreintes et que la police conclue à un suicide.

— Mais dans ce cas, inspecteur, vous auriez retrouvé le revolver dans la main d'Aaron, pas à côté de lui.

— Très juste. Mais si Aaron s'était tué lui-même, il aurait tenu l'arme d'une main, contre sa tempe. C'est ainsi que les choses se passent, dans les cas de ce genre. Pour quelle raison l'aurait-il tenue à deux mains et à bout de bras pour se tirer une balle dans le front, en appuyant sur la gâchette avec les pouces ? Dans cette position incommode et illogique, il avait toutes les chances de se rater. On ne se suicide pas ainsi.

— Vous penchez donc plutôt pour le meurtre ?

— *A priori*, oui. Mais je m'interroge sérieusement sur le comportement de ce meurtrier. Manifestement pas un professionnel...

Quelque chose, dans le ton de l'inspecteur, me donne à croire qu'il pense à quelqu'un en particulier, et j'ai bien peur de deviner qui. Ne vient-il pas de me demander si je savais où se trouvait Louis Ferdine ? Ce n'était pas pour prendre de ses nouvelles, j'imagine...

— Il nous manque un élément important dans cette affaire, reprend Allan. Ferdine. Ce n'est pas un hasard si son portefeuille se trouvait dans la poche de la victime.

— Non, bien sûr, dis-je. Mais cela ne l'accuse pas non plus.

— Peut-être pas, mais ce qui est gênant pour lui, c'est qu'on a retrouvé sa voiture abandonnée à l'entrée de Lakefield

Drive, la rue au bout de laquelle le cadavre de Peter Aaron a été retrouvé. Alors, s'il est encore de ce monde, j'aimerais bien qu'il se montre. Parce qu'il a disparu, lui aussi! Son agent, Louis Anctil, est le dernier à lui avoir parlé. Il l'a eu au téléphone le 16 au soir et lui a donné rendez-vous pour le lendemain, dans une librairie de Vancouver. Ferdine ne s'y est pas présenté et, depuis, il n'a donné aucun signe de vie.

— Il a peut-être été écœuré par toute cette histoire. Il sera simplement rentré à Calgary...

— À pied? Même Anctil n'y croit pas. Selon lui, ce n'est pas possible. Il dit que Ferdine l'aurait au moins appelé avant. Et il n'est pas rentré chez lui, en tout cas. Des agents ont été dépêchés à son domicile, à Calgary, et sa maison est surveillée. Là non plus, il n'a pas reparu. De deux choses l'une : ou bien il se cache, ou bien il...

— Vous croyez que, lui aussi...?

— Nous y avons pensé. La police a fait quelques investigations près du lac Burnaby mais, malheureusement, nous manquons d'effectifs pour effectuer des recherches plus systématiques. En tout cas, aucun autre cadavre n'a été signalé dans le coin depuis le 16 janvier.

— Je vais peut-être dire une bêtise, inspecteur, mais ne pensez-vous pas qu'il a pu y avoir une méprise, qu'Aaron est mort par erreur et que c'est vraiment Ferdine qui était visé ? Si Aaron portait sur lui les papiers de Ferdine et non pas les siens, pour une raison que nous ignorons, on peut penser qu'il y a eu échange d'identité. L'assassin, lui aussi, s'est trompé de victime et, s'en étant enfin aperçu, il aura voulu terminer son travail. Ferdine n'a pas disparu, dans ce cas : on l'a supprimé !

Allan reste silencieux. Apparemment, il n'avait pas songé à cette hypothèse. Finalement, il reprend d'une voix lente :

— Dans ce cas, docteur, nous retrouverions au moins le corps. Le lieu du crime est une zone urbaine densément peuplée, un cadavre n'y passe pas inaperçu bien longtemps. Votre assassin ne l'a tout de même pas mangé, non ?

— J'ose croire que non.

— Alors il réapparaîtra tôt ou tard. Quoi qu'il en soit, docteur, si jamais vous entendez parler de lui, je vous serais reconnaissant de me faire signe immédiatement.

Allan salue sèchement et raccroche.

Cette conversation me laisse perplexe. Une chose m'intrigue dans cette affaire. Il y a derrière ce meurtre, qu'il ait été une erreur ou non, tout un imbroglio que l'inspecteur n'a pas évoqué. Je lui en ai pourtant parlé, il sait que si Ferdine a fait le voyage jusqu'à Vancouver, c'est probablement à cause de cette histoire de double qui le tracassait.

Qu'il accorde peu de crédit à ce que pensait Louis Ferdine importe peu, mais il est certain que l'écrivain, lui, y croyait. Et voilà qu'aussitôt arrivé à Vancouver, il se trouve mêlé à un crime dont l'un des aspects les plus surprenants est de nouveau un problème d'identité.

Allan n'aime pas la littérature, c'est évident, et ce genre de combinaison lui semble sans doute relever de la fiction la plus pure. C'est pourquoi, peut-être, il refuse de l'envisager. Et pourtant, la question me semble bel et bien posée.

Qui est qui, dans cet embrouillamini ? Combien y a-t-il d'acteurs et quel rôle chacun joue-t-il dans cette pièce étrange ? Combien y a-t-il de Louis Ferdine ?

L'écrivain, une fois de plus, se retrouve au cœur d'une affaire inextricable mais, cette fois, il ne s'y cantonne plus au rang de simple spectateur. Il en est le centre, le pivot, l'enjeu d'une obscure machination qui le dépasse et l'utilise comme un simple pantin.

Dire que Ferdine est mon ami, ce serait exagérer, sans aucun doute. Mais il m'est malgré tout sympathique et, si sa conception de la littérature me semble parfois un peu simpliste, il reste tout de même le seul lien véritable que j'entretiens avec elle. Et puis, il court peut-être un danger...

Décidément, cette affaire m'intrigue. Je dirais même qu'elle me passionne. Il y a là-bas, à Vancouver, un mystère qui me démange les cellules grises. Il y a donc d'autres passions que la musique ?

Nous sommes vendredi, 19 janvier. Demain, mon cabinet sera fermé pour la fin de semaine, comme d'habitude.

Je n'hésite pas plus longtemps. Ma décision est prise : j'irai à Vancouver par le premier vol disponible. Sans rien dire à Allan. Ce sera un voyage privé...

3

L'AUTEUR DU CRIME

Les vols pour Vancouver ont ça de bien que, à cause du décalage horaire, on arrive à l'heure exacte à laquelle on est parti. Pas de temps perdu !

À bord de l'avion, je lis le journal que je n'ai pas eu le temps d'acheter ce matin. L'affaire Louis Ferdine y est traitée en deuxième page. Le journaliste n'y va pas de main morte :

Burnaby, 20 janvier – L'enquête sur le meurtre de Burnaby Park vient de prendre une tournure inattendue. Le tueur, selon la police, ne serait nul autre que Louis Ferdine, l'écrivain de Calgary qu'on avait tout d'abord pris pour la victime ! Celle-ci est Peter Aaron, un journaliste de Vancouver. Ferdine, qui a disparu depuis le 16 janvier, soit deux jours avant le crime, est activement recherché par les polices de Vancouver et de Calgary. Son signalement sera bientôt disponible et diffusé dans la presse. Il semble que Ferdine, un personnage que l'inspecteur Allan, de Calgary, qualifie d'assez instable, ait déjà été à plusieurs reprises impliqué dans des affaires des plus douteuses. Selon le porte-parole de la police, qui n'a pas voulu donner de détails, la capture de l'individu serait imminente.

Peu réjouissant. Tout cela m'intrigue. Je ne suis pas un expert, mais je ne vois pas Ferdine en assassin. Instable, sans doute, il l'est. Allan n'est pas un imbécile. Mais capable de tuer ? Ferdine est plutôt du genre fuyant. D'ailleurs, il a disparu deux jours avant le crime, comme l'indique le journal. On n'a retrouvé de lui que ses papiers, dans une poche intérieure du manteau de Peter Aaron. Qui sait s'il n'a pas été lui-même une victime ? La première...

L'avion est arrivé. Je me rends dans la salle de récupération des bagages et me plante près du tapis roulant. Là, au bout d'un moment, un grand type barbu s'approche de moi, l'air hésitant. Puis il s'arrête à quelques pas et me dévisage discrètement. C'est sans doute lui... Je m'avance résolument vers lui en lui tendant la main.

— Monsieur Anctil, je présume ? dis-je avec un large sourire.

J'adore cette phrase, avec laquelle je me présente généralement, parce qu'elle me rappelle mon compatriote Stanley lors de sa célèbre rencontre avec son collègue Livingstone au cœur de l'Afrique.

— Lui-même, fait Anctil en se courbant à demi. Avez-vous fait bon voyage, docteur Hunter ?

Il n'attend pas vraiment de réponse. Il n'est pas venu pour me parler tourisme. En fait, je l'ai appelé hier soir pour l'informer de ma venue, me présentant comme un ami de Louis Ferdine, et lui faisant part de mon souhait de le rencontrer. C'était facile, Allan m'ayant obligeamment donné son nom, je n'avais plus qu'à consulter l'annuaire de Vancouver.

Dans sa voiture, tandis qu'il me conduit vers le centre-ville, Louis Anctil me met au courant des derniers développements de l'affaire.

— Je suis toujours sans nouvelles de Louis, me dit-il. Je crains le pire. La police est sur les dents. Elle le soupçonne maintenant d'avoir tué Aaron et essayé de maquiller le crime en suicide. Elle le recherche partout, et je suis persuadé que ma propre maison est surveillée. On s'attend à ce que, d'un moment à l'autre, il essaie de chercher refuge chez moi.

— C'est ridicule. S'il avait cette intention, je suppose qu'il l'aurait fait depuis longtemps.

— Certainement. En tout cas, vous comprendrez que je ne vous amène pas à mon domicile. Si vous le voulez bien, nous irons dans un lieu plus neutre. Connaissez-vous Granville Island ?

Quelques minutes plus tard, nous nous retrouvons attablés dans un café de Granville Island, où nous sirotons deux bières. L'air de l'océan, tout proche, me détend un peu. Je ferme les yeux. En bon Anglais, j'ai toujours eu la nostalgie de la mer...

La voix grave de Louis Anctil me ramène à la réalité. Il me donne des détails sur ce qu'il sait de l'affaire, et qu'il n'a pas eu le temps de me raconter hier au téléphone :

— Comme vous le savez, Louis Ferdine est venu à Vancouver avec l'intention de démasquer un imposteur qui, depuis le début de l'année, se faisait passer pour lui en plusieurs endroits, prononçant des conférences ou signant des livres. C'est moi-même qui l'avais mis au courant de ces agissements frauduleux.

Assez vite, Louis avait compris que l'inconnu ne choisissait pas au hasard les lieux où il se produisait, mais qu'au contraire il obéissait à une logique très précise. Forts de cette conclusion, nous avions même déterminé en quel endroit le faussaire apparaîtrait lors de sa prochaine prestation publique. Nous avions convenu d'y aller ensemble. Malheureusement, Louis a pris du retard en route, et j'y suis allé seul. Peu importe. Le fait est que j'ai fait chou blanc. Le faux Ferdine ne s'était pas manifesté. J'ai pensé que Louis s'était trompé. Un peu plus tard, quand il est arrivé à Vancouver et qu'il m'a appelé, j'ai senti qu'il était aussi découragé que moi.

Ce n'est que le lendemain que j'ai appris, par un ami qui y enseigne la littérature française, que l'imposteur avait donné une conférence à l'Université Simon Fraser, à Burnaby. Louis n'ayant pas donné signe de vie depuis la veille, j'étais assez inquiet. Que lui était-il arrivé?

Deux jours plus tard, horrifié, j'apprenais la nouvelle de sa mort par le journal. Louis assassiné! Passé le premier choc, cependant, je me suis posé une question : pourquoi l'avait-on tué à Burnaby, près d'un lac qui ne présente aucun intérêt en hiver, alors qu'il était descendu dans un motel de Surrey? L'avait-on entraîné là dans le but de le tuer? Qui, comment, pourquoi?

Je me suis alors remémoré l'étrange itinéraire du double de Louis Ferdine. Tous les deux jours, à huit heures du soir, l'individu apparaissait dans un lieu qui semblait avoir été choisi en fonction d'un calcul précis. Or, Louis avait été assassiné à cette même heure, deux jours après la conférence à l'université. Cela ne pouvait signifier qu'une chose : il avait découvert le véritable sens à donner à la figure tracée par son double dans les rues de la ville, et il s'était rendu à l'endroit prévu. Alors, à mon tour, j'ai placé les points manquants sur un plan. Le résultat est ahurissant! Voyez vous-même.

Louis Anctil sort alors de sa poche un plan de Vancouver, qu'il étale sur la table après avoir repoussé nos verres. Je chausse mes lunettes et examine l'objet attentivement.

Je ne vois tout d'abord que des points rouges qui me paraissent équitablement distribués sur une zone s'étendant de Vancouver à Burnaby. Louis Anctil fait alors glisser son doigt de point en point, le relevant à deux reprises comme pour interrompre son dessin. Et, brusquement, la clé de l'énigme me saute aux yeux. L. F. Les initiales de Louis Ferdine!

— Comprenez-vous? reprend Anctil. Voyez-vous le machiavélisme de l'individu? Il a en quelque sorte signé du nom de Louis toute son imposture! Et c'est exactement ce que Louis avait découvert avant d'aller se jeter dans le piège. Son double l'attendait là, et il l'a supprimé!

— Un instant, objecté-je. Je ne vous suis pas tout à fait. Votre raisonnement me semble excellent et j'avoue qu'il me fascine. Mais, dans ce cas, c'est le corps de Ferdine qu'on aurait dû découvrir à Burnaby, pas celui de ce journaliste.

— Vous avez raison. Quelque chose est arrivé entretemps, qui a bouleversé les prévisions de l'assassin. Lors de notre dernière conversation téléphonique, j'ai parlé à Louis de ce Peter Aaron. Sur le coup, il n'a pas eu l'air intéressé et il a même abrégé la discussion. Mais je suis certain, à présent, qu'il venait en fait de prendre une décision.

— Vous pensez qu'il a donné rendez-vous à Aaron et qu'ils sont allés ensemble à la rencontre du... de ce schizophrène ?

— Exact. Aaron connaissait parfaitement les traits de l'inconnu, puisqu'il avait passé une soirée en sa compagnie. Sa présence pouvait donc lui être utile. Ils se sont donc rendus tous les deux près du lac Burnaby, et là...

— Et là ? fais-je en regardant Louis Anctil, qui semble avoir soudainement perdu sa langue.

— Là, je ne sais pas, répond-il en secouant la tête avec une mine consternée.

Je ne sais plus. Je ne comprends pas ce qui a pu se passer.

— Un détail me paraît bizarre et inexpliqué. Pourquoi Aaron portait-il sur lui le portefeuille de Ferdine ?

— C'est curieux, en effet. Louis est un personnage extrêmement méfiant. Je le connais depuis des années. Jamais il n'aurait confié un quelconque document à un inconnu.

— Aaron le lui aurait donc volé. Mais dans quel but ? S'il l'avait dévalisé, ce n'est pas son cadavre qu'on aurait retrouvé, mais celui de Ferdine.

— Les choses se sont peut-être passées en deux temps, suggère mon interlocuteur. On peut imaginer que Peter Aaron a détroussé Louis, après l'avoir assommé, disons, puis, en s'enfuyant, il est tombé sur le meurtrier, sur l'*autre*, ce Louis Ferdine bis, ce troisième personnage insaisissable...

— J'avais pensé à quelque chose de ce genre, mais il y a un détail qui cloche. L'*autre*, comme vous dites, ne connaissait pas notre ami, dont il usurpait l'identité, mais il connaissait bien Aaron. Même de nuit, il n'a pas pu faire erreur. C'est donc bien Aaron qui était visé, dans ce cas.

— Aaron qui aurait découvert le pot aux roses, la véritable identité de l'imposteur ? Ça me semble un peu excessif, docteur. Peut-on mourir à cause d'un tel canular somme toute assez innocent ?

— Il n'existe aucune bonne raison de mourir, monsieur Anctil. Toute cette histoire me semble l'œuvre d'un fou davantage qu'autre chose. Un fou diaboliquement intelligent, torturé. Cette signature, qu'il a laissée dans les rues de Vancouver, en est la preuve. C'est lui la clé du mystère. Tant que nous ne saurons rien de lui, toute recherche sera vaine. Qui peut-il être ?

Louis Anctil se gratte pensivement le menton. Une idée me vient, extravagante, peut-être, mais tellement excitante...

— Cette affaire est entièrement placée sous le signe de la littérature, dis-je, et c'est sans doute ce qui déroute la police. Elle semble sortir davantage d'un livre que de la réalité. L'auteur du crime, par conséquent, ne peut être qu'un auteur tout court...

— Un auteur qui, ne pouvant s'imposer par son art, aurait choisi de voler la place d'un autre ?

— Exact.

De nouveau, le silence. Louis Anctil a l'air perdu dans une intense méditation. Enfin il reprend :

— Dans ce cas, le meurtrier n'aura de cesse de supprimer Louis Ferdine à son tour. Et Louis le sait. Voilà pourquoi il a disparu. La seule chose à faire, maintenant, c'est de le retrouver avant les autres. Avant la police et... avant l'assassin.

4

À LA RECHERCHE DE L. F.

Nous voici sur Lakefield Drive. La nuit n'est pas loin et cette rue tranquille, sans doute charmante sous les feuillages du printemps, a pris ce soir une allure tout à fait sinistre, avec le brouillard qui de nouveau recouvre la ville.

Je n'ai pas remarqué la petite Volkswagen de Ferdine, dont Allan m'avait signalé la présence à l'entrée de la rue. La voiture a dû être embarquée par la police, comme pièce à conviction. De toute façon, tous les indices ont certainement été relevés et emportés.

C'est tout au bout de la rue, là où commence Robert Burnaby Park, que le cadavre de Peter Aaron a été découvert le 18 au soir. C'est là aussi, probablement, que Louis Ferdine s'est trouvé avec la victime avant de disparaître.

L'assassin n'a pas raté Aaron — par erreur, peut-être — mais il a dû se lancer aux trousses de son véritable gibier. Jusqu'où la traque s'est-elle poursuivie ? Louis Ferdine se trouve-t-il en ce moment même au fond du lac tout proche ?

Engoncés dans nos manteaux, Louis Anctil et moi piétinons sans espoir l'herbe humide et glacée. J'ai froid aux pieds.

— Je ne crois pas que Louis soit mort, déclare soudain mon compagnon. On aurait retrouvé son corps. Quand la police est arrivée sur les lieux, le soir du crime, Aaron était mort depuis quelques minutes à peine. Un voisin, interrogé, a dit avoir entendu un coup de feu. Un seul. Louis a donc échappé à son assaillant.

— Mais peut-être a-t-il été tué plus loin ?

— Dans l'hypothèse où le meurtrier est un homme seul, je ne vois pas bien comment il aurait pu faire disparaître le cadavre. Nous ne sommes pas dans les montagnes, ici...

Je ne sais pas si je dois me vexer pour cette remarque. Anctil pense-t-il que, parce que je viens de Calgary, je suis un sauvage ?

— Ferdine se trouve donc quelque part dans cette ville, où il se cache sous l'emprise de la peur. Mais où a-t-il pu aller ? Il ne connaît pas Vancouver, pour autant que je sache. Pas plus que moi, en tout cas.

— Vous n'êtes jamais venu ici auparavant ?

— Jamais.

Louis Anctil hoche la tête. Il se caresse machinalement la barbe, ce qui semble indiquer chez lui une intense réflexion.

— Vous êtes donc dans la même situation que lui, fait-il enfin. Voyons, essayez de vous mettre à sa place. Vous êtes ici dans un lieu qui vous est étranger, où vous ne connaissez personne. Vous n'avez plus vos papiers, il ne vous reste probablement que quelques dollars et vous avez un tueur aux fesses. Que faites-vous ?

— Eh bien, je ne sais pas trop. Une telle situation ne m'est jamais arrivée. Je... je suppose que j'essaierais de rejoindre mon hôtel.

— Pour que la police vous y cueille au petit matin ? Réfléchissez, docteur.

Si Louis n'a même pas essayé de me joindre, c'est qu'il est persuadé que le tueur n'est pas le seul à le chercher. Il a peur de la police également. Les rapports qu'il entretient avec cette vénérable institution sont assez tendus.

— Oui, je m'en suis aperçu. Il y a méfiance de part et d'autre, c'est le moins qu'on puisse dire...

— Il aura donc évité tous les lieux où il est *a priori* susceptible d'être allé. Ce n'est pas là qu'il faut chercher, ni chez lui, ni chez moi. Nous devons raisonner autrement, nous mettre à sa place, nous glisser dans sa peau.

— Quelqu'un y est déjà, fais-je observer avec un humour qui est peut-être un peu déplacé.

— C'est pourquoi il faut faire vite, répond Anctil sans relever ma remarque.

Il me regarde d'un œil pénétrant. Je ne sais pas pourquoi, mais j'éprouve soudain une impression désagréable. Pourquoi me presse-t-il comme si c'était à moi de débrouiller ce mystère, comme s'il cherchait à me faire avouer quelque chose ? Pense-t-il que je sais vraiment où Ferdine est allé se perdre ?

Je veux bien faire mon possible pour retrouver Ferdine avant qu'il ne lui arrive malheur, mais je ne suis pas un chien de chasse. Anctil me regarde toujours, comme s'il attendait que me poussent deux oreilles tombantes, une queue, et que je me mette à aboyer! Je me sens mal à l'aise. Quelque chose, brusquement, n'est pas clair dans l'attitude de ce type.

— Écoutez, dis-je enfin. Ce n'est pas si simple. Il n'est pas dans mes habitudes de penser en lieu et place des autres. Peut-être faudrait-il y réfléchir dans un endroit plus propice, après avoir pris une bonne douche et s'être reposé.

Anctil semble avoir compris. Il hoche la tête puis me demande si j'ai déjà choisi un hôtel. Effectivement, avant de partir, j'ai réservé une chambre avec vue sur la mer dans un hôtel de Beach Avenue, à proximité de Stanley Park et d'English Bay Beach. Deux noms qui résonnent agréablement à mes oreilles. Anctil propose de m'y amener et, comme je n'ai pas de meilleure solution, j'accepte son offre.

Une heure plus tard, douché, relaxé, vêtu d'un ample peignoir de bain, je prends un brandy, debout face à ma fenêtre.

Tout en contemplant les eaux noires du Pacifique, je me demande si Louis Anctil a été dupe de mon attitude lorsque j'ai, apparemment sans raison, abrégé notre entretien. Et pourtant, avais-je le choix? Je n'avais aucun motif, jusqu'à cet instant, de ne pas lui faire confiance. Après tout, c'est moi qui suis venu le trouver et il me semblait sincère.

Pourtant, tout à l'heure, au milieu de ce brouillard qui avait avalé Lakefield Drive, j'ai été brusquement troublé par l'étrange insistance d'Anctil à me faire dire où se trouvait Ferdine. Mes soupçons, à ce moment-là, n'étaient pas encore bien établis. Je ressentais simplement le besoin de prendre mes distances, de réfléchir calmement à la situation. De me retrouver seul.

À présent, c'est fait. Et j'ai suffisamment analysé le comportement de Louis Anctil pour en arriver à justifier ma méfiance. Si j'ai cru au début qu'il recherchait désespérément Louis Ferdine pour les mêmes raisons que moi, je suis maintenant persuadé du contraire. S'il veut le retrouver avant la police, ce n'est pas pour le protéger, mais bel et bien pour le supprimer.

Le mystérieux criminel, l'auteur frustré et schizophrène qui se fait passer pour Ferdine, qui « signe » de son nom ses absurdes apparitions publiques, qui peut-il être sinon Anctil lui-même ? Il fallait, pour mener à bien cette mystification, connaître le caractère de l'écrivain, sa personnalité fragile, sa naïveté. Or, Ferdine ne voyage jamais. Qui le connaît à Vancouver ? Il n'a même pas été traduit en anglais, il me l'a confié à plusieurs reprises.

D'autre part, comment peut-on raisonnablement croire qu'un individu ait pu se faire passer en public pour un écrivain sans que jamais son propre agent en ville n'ait été contacté ? C'est aberrant. Bien sûr, derrière chacune de ces prestations mensongères, c'est l'ombre de Louis Anctil qui se dresse.

Anctil qui, à force de fréquenter des écrivains, peut-être, a voulu en être un lui-même ; Anctil qui, en informant

Ferdine de ce qui se passait à Vancouver, l'a attiré dans le piège qu'il lui préparait ; Anctil, enfin, qui s'est vanté devant moi de son forfait en me montrant sur le plan de la ville la signature qu'il a usurpée. Comportement typique du fou qui dissimule sa folie, mais veut dans le même temps qu'on le reconnaisse pour ce qu'il n'est pas...

C'est quand il a insisté — avec une certaine maladresse qui l'a démasqué — pour que je me «mette à la place» de Ferdine afin de découvrir son refuge que j'ai enfin compris. Ferdine lui avait échappé, et il comptait sur mon aide inespérée pour remonter jusqu'à lui.

Pourquoi moi ? C'était bien dans sa logique de dément. N'ayant pu anéantir le personnage dont il voulait prendre la place, il pensait que moi-même, placé dans une circonstance identique, j'allais réagir comme Ferdine et suivre le même trajet que lui. Ces malades, dévorés par une idée fixe et parfois meurtrière, finissent par ne plus avoir le sens des réalités et se figurent que le monde fonctionne comme un roman.

Mais comme toujours, ce genre de criminel finit par être victime de sa propre folie. Une telle situation, dans laquelle il monte une machination diabolique et, il faut bien le dire, assez géniale, ne peut plus être maintenue secrète parce que la raison même de sa mise en place est d'accéder à une reconnaissance publique éclatante. L'anonymat, garantie de son impunité, lui pèse trop pour qu'il ne désire pas, même inconsciemment, le briser.

Et, de fait, Anctil s'est trahi devant moi par son insistance suspecte alors que, jusqu'ici, il avait fait un parcours sans faute. Il a embrouillé tout le monde, la police en premier lieu, en jouant le rôle de l'ami atterré par le crime. Un spécialiste de la fausse identité! Aaron, qui a malencontreusement découvert l'imposture après avoir rencontré le vrai Ferdine, a payé de sa vie la mise à jour de l'infecte machination!

La seule question qui reste maintenant sans réponse est celle-ci : Anctil a-t-il compris que je l'ai démasqué? C'est bien possible. Je l'ai trouvé étrangement muet pendant le trajet qui m'a amené à l'hôtel. Mijotait-il quelque chose ?

Je ne me sens pas très à l'aise. L'assassin rôde en liberté dans Vancouver, et il sait maintenant où me trouver...

5

LA CLÉ DU MYSTÈRE

Je n'ai pas pu rester seul à l'hôtel. L'idée qu'Anctil allait revenir me taraudait.

J'ai donc appelé la police, demandant à parler à l'enquêteur chargé de l'affaire Aaron. À peine avais-je expliqué ma démarche qu'on exigeait toutes sortes de renseignements sur moi, comme si j'étais le suspect, sans même tenter de joindre le policier désiré. Finalement, on m'a demandé où l'on pouvait me joindre et on a raccroché.

Deux minutes plus tard, le téléphone sonne. Je reconnais la voix de l'inspecteur Allan. Il n'a pas l'air de bonne humeur.

— Alors docteur ! lâche-t-il d'un ton rogue. En vacances ?

Je ne réponds pas. Allan reprend :

— Vous ne trouvez pas que cette affaire est assez compliquée comme ça ? Vous jouez les détectives privés, à présent ? Est-ce l'influence de Ferdine ? Il va falloir l'enfermer, celui-là ! C'est un vrai danger.

— Le danger, inspecteur, c'est lui qui le court, en ce moment.

Et, sans lui laisser le temps de contre-attaquer, je lui raconte ma journée, la rencontre avec Louis Anctil, la « signature » de l'assassin et, pour finir, mes propres soupçons. Allan éclate de rire.

— Bravo, docteur ! Vous avez de l'imagination, vous devriez écrire. J'apprécie vos intentions mais, pour ce qui est d'une enquête criminelle, vous avez encore des leçons à prendre. On n'arrête pas quelqu'un sur la foi d'une impression. D'autre part, tout soupçon doit donner lieu à une vérification minutieuse. Ce n'est pas l'imagination qui fait le bon policier, mais la méthode.

— Anctil est pourtant le seul à connaître Ferdine...

— Détrompez-vous. Un écrivain est une personne publique. Ce n'est pas parce qu'il ne fréquente personne qu'il est inconnu. Il existe, et d'une façon différente chaque fois, pour une foule de gens anonymes : ses lecteurs. Ferdine n'en a peut-être pas beaucoup, me direz-vous. Peu importe. Dans le cas qui nous occupe, il suffit d'un seul.

— Tout me semblait pourtant concorder, dis-je à voix basse.

— Tout ? s'exclame Allan. Tout sauf une chose, docteur. Pendant toute la période où l'imposteur s'est promené dans Vancouver et Burnaby, Anctil se trouvait dans l'Est. Nous avons vérifié. Par ailleurs, imaginez-vous que le gérant de la librairie Manhattan ait pu prendre Anctil pour Ferdine ou pour son double ? Ils se connaissent depuis des années.

— Vous avez sans doute raison, inspecteur, fais-je avec lassitude. Je me suis laissé aller. Je devrais retourner à la médecine et m'en remettre aux professionnels pour cette enquête. À chacun son métier.

— Le plus comique, laisse alors tomber Allan pour enfoncer le clou, c'est que Louis Anctil a eu la même idée que vous. Il a appelé mon collègue, il n'y a pas dix minutes, pour lui faire part de ses soupçons à votre propos. Voilà pourquoi son attitude vous a semblé bizarre, tout à l'heure : il vous prenait, lui aussi, et avec autant d'inconséquence que vous, pour le meurtrier !

— Nous avons donc été ridicules, l'un comme l'autre.

— Exactement. Maintenant, puisque vous êtes là, autant rester un moment. Nous aurons peut-être besoin de vos lumières. Selon toute vraisemblance, l'assassin que nous recherchons est un psychopathe. La manière de signer son crime le démontre assez. C'est dans cette optique que nous pouvons apprécier votre aide. En tant que médecin, et rien d'autre.

— Vous ne soupçonnez donc plus Ferdine ?

— Je n'ai pas dit ça. Vous savez ce que je pense de ce type. S'il n'est pas vraiment fou, il n'en est pas loin. Que pouvons-nous attendre d'un homme qui passe son temps à écrire des livres, à inventer des histoires ?

— C'est probablement le profil du meurtrier.

— Je le pense aussi. C'est pourquoi nous avons fait convoquer Louis Anctil, qui devrait arriver d'un moment à l'autre. À titre d'expert, lui aussi. Expert en littérature, ajoute l'inspecteur sur un ton sarcastique. Venez donc vous joindre à nous. Je vous attends dans un quart d'heure.

Lorsque je me présente à l'adresse donnée par Allan, quelques minutes plus tard, celui-ci m'accueille personnellement et me mène au bureau du responsable de l'enquête, un nommé Spade, homme long et maigre à la figure en lame de couteau. Louis Anctil est déjà là. Je me sens un peu honteux et j'évite son regard. Nous nous enfermons tous les quatre dans le bureau. Allan, qui n'est là qu'à titre de consultant parce qu'il connaît le principal suspect, s'assoit sans un mot à côté de son collègue.

— Ce qui m'intéresse, nous explique celui-ci d'une voix fatiguée, c'est de savoir quelles relations existaient entre Louis Ferdine et le journaliste Peter Aaron.

— Aucune, affirme sans hésiter Louis Anctil. Ils ne se connaissaient pas.

Moi-même, je n'ai jamais rencontré Aaron avant de voir son cadavre à la morgue. Je n'ai même appris son nom qu'à la parution de son article sur Ferd..., enfin, sur le faux Ferdine.

— Ils se trouvaient pourtant ensemble, manifestement, le soir du crime.

— Je pense qu'ils se sont rendus tous les deux à Lakefield Drive pour y rencontrer l'imposteur, dans le but de le démasquer, précise Anctil. C'est sans doute ce que j'aurais fait à leur place.

J'approuve de la tête. Ferdine est du genre solitaire et têtu. Je comprends qu'il n'ait pas voulu parler de son expédition à son agent, malgré les liens personnels qu'ils entretenaient. Spade nous dévisage alternativement avant de reprendre :

— Messieurs, vous êtes les seuls dans cette ville à connaître Louis Ferdine personnellement. Vous savez que nous avons trouvé son portefeuille dans la veste d'Aaron, ce qui nous a induits en erreur au début. Mais ce n'est pas tout ce que les poches contenaient. Nous y avons également découvert ceci, dans une petite poche de côté du pantalon de la victime.

Spade sort lentement d'un tiroir de son bureau un petit objet qu'il place sous nos yeux. Il s'agit d'une clé. Une de ces petites clés de sûreté qui ouvrent les appartements.

— Cette clé n'ouvre aucune des serrures de l'appartement de Peter Aaron, déclare l'inspecteur Spade. Aucune porte, aucun coffre, aucun cadenas. Il n'y avait pourtant pas d'autre clé dans ses poches. C'est assez curieux. Il semble que la victime ne portait sur elle aucun objet lui appartenant...

Spade nous tend la clé et demande :

— Avez-vous déjà vu cet objet ? Pensez-vous qu'il appartienne à Louis Ferdine ?

En ce qui me concerne, je ne saurais dire. Je ne suis jamais allé chez lui, je ne l'ai jamais vu ouvrir sa porte. Louis Anctil, pour sa part, secoue la tête. Cependant, il précise :

— Si cette clé était à lui, je suppose qu'elle ferait partie d'un trousseau comprenant aussi les clés de sa voiture. Quelqu'un qui part en voyage ne se promène pas avec une clé isolée. Et qu'on lui ait pris son portefeuille est compréhensible, mais pourquoi une clé ?

Spade hoche la tête puis replace la clé dans son tiroir.

— Si néanmoins cette clé appartient à Ferdine, fais-je remarquer, peut-être l'a-t-il tout simplement oubliée chez Aaron, à qui il a rendu visite avant de se rendre à Lake Field Drive?

— Nous avons procédé à un relevé systématique des empreintes digitales dans l'appartement de Peter Aaron, répond Spade. Nous n'en avons trouvé aucune, hormis les siennes. Tout a été examiné, chaises, tables, poignées de portes... en vain. Ferdine n'y a laissé aucune trace.

— Il pouvait porter des gants, remarque Allan.

Spade hausse les épaules. Comment être sûr de quoi que ce soit face à un tel casse-tête? Quelle porte ouvre cette clé? À quoi ressemble ce mystérieux assassin qui endosse la personnalité des autres sans jamais révéler la sienne?

Aucune de ces questions n'a reçu un commencement de réponse et, l'insaisissable meurtrier ayant cessé de se manifester, il me semble bien qu'elles n'en recevront jamais.

Quant à Ferdine, j'ai bien peur que les prochaines nouvelles que nous recevrons de lui ne soient celles de sa mort...

Quelques coups frappés à la porte du bureau interrompent mes réflexions. Un agent entrouvre la porte. Il s'adresse à Spade :

— Il y a là quelqu'un qui demande à vous voir.

— Je suis occupé, fait Spade avec humeur, la tête rentrée dans les épaules.

— Il insiste, inspecteur. Il dit que c'est important. C'est à propos du meurtre de Peter Aaron.

Spade relève la tête.

— Qui est-ce ?

— Un nommé Petrus Aula.

TROISIÈME PARTIE

L. F.

1

LA DERNIÈRE BARRE DU F

Je suis à bout de nerfs, trop fatigué pour réfléchir. Je ne suis pas vraiment reposé. Toute la nuit — toute la journée, plutôt — je me suis tourné et retourné dans mon lit en cherchant le sommeil sans vraiment le trouver.

Quand enfin je sombrais dans l'inconscience, c'était pour me retrouver entouré de Louis Ferdine pâles et menaçants, m'encerclant comme des ombres, cherchant à m'étouffer, à me faire disparaître. Je me réveillais en sueur, glacé, terrifié. Pendant cette série de cauchemars, j'ai vécu cent fois l'aventure de William Wilson, imaginée par Edgar Poe. Cent fois, comme dans ce conte terrible, je me suis vu face à mon double, face à un autre moi-même qui, d'un geste, me renvoyait au néant...

Il fait nuit depuis un bon moment. J'hésite un instant à appeler Louis Anctil. Je lui dois bien ça, puisque je ne suis pas allé aujourd'hui à notre rendez-vous chez Marc.

Pourtant, après mûre réflexion, je n'en fais rien. Cette affaire ne regarde que moi. En tant que représentant de mon éditeur, dans le fond, il n'est pas impliqué. Cette farce de mauvais goût n'aura aucune incidence sur mes ventes. Il s'agit d'un cas purement personnel. Il n'est pas question de mes droits mais de ma personnalité, de ma vie propre, et je tiens à en être seul juge.

Je décide donc de faire le mort.

Allons. Il est temps d'y aller. Avant de prendre la Transcanadienne et de passer la rivière Fraser, je m'arrête dans une cafétéria où je m'enfile trois cafés grand format. J'essaie aussi de grignoter un muffin, mais je n'ai vraiment pas faim et j'en laisse les trois quarts. Enfin, je remonte en voiture, les tempes bourdonnantes.

Je passe le fleuve sur Port Mann Bridge et continue à rouler sur la Transcanadienne jusqu'à ce que le lac Burnaby apparaisse sur ma droite. Je le dépasse, sors sur Kensington Avenue puis reviens en arrière sur Canada Way. Enfin, je prends à gauche dans Nursery Street et, tout au bout, j'arrive sur Lakefield Drive.

Lakefield Drive. Une petite rue tranquille dans un quartier résidentiel, et qui finit en cul-de-sac sur Robert Burnaby Park. Pas une boutique, pas un café. À cette heure-ci, l'endroit est désert. Pas une lumière. Les maisons dorment déjà. En quel endroit la rencontre aura-t-elle lieu ?

La rue n'est pas très longue, je cherche un indice, un signe qui m'indique avec précision : « c'est là ». En vain. Toutes les maisons de cette rue se ressemblent. Des jardins qui, au printemps, doivent être fleuris. Des arbres. Un quartier sympathique, dans le fond, pas le lieu qu'on imaginerait pour une confrontation du genre de celle qui m'attend.

Je ne vais pourtant pas arpenter toute la rue en espérant qu'un type viendra soudain me taper sur l'épaule avec un grand sourire en me disant : « Alors, je vous ai bien eu, n'est-ce pas ? » Toute la mécanique de ce piège, jusqu'ici, a été parfaite. Jusqu'au discours tenu à ce pauvre naïf de Petrus Aula sur Borges et les soi-disant théories littéraires de Louis Ferdine.

Je frissonne. Je me rends compte que je prononce intérieurement ce nom comme s'il n'était plus le mien, comme si l'autre avait eu raison de moi, m'avait effacé. Pris au jeu de cette énigme que j'ai dû débrouiller seul, j'en ai oublié de réfléchir à l'enjeu véritable de la rencontre qui se prépare.

Il ne s'agit pas seulement de démasquer l'imposteur, mais de lui prouver que le seul Louis Ferdine, c'est bien moi ! De m'affirmer face à lui, d'anéantir sa stratégie, de renaître, en somme. Ce type m'a gommé, il m'a tué, dans le fond, en prenant ma place. Vancouver est rempli de gens pour qui Louis Ferdine est un autre. Pour eux, c'est moi, surgi comme un diable d'une boîte, qui suis l'imposteur. L'attitude de Petrus Aula à cet égard a été significative. Il n'a pas voulu me *reconnaître* !

Je repère une place au début de la rue. Je m'y gare, arrête le moteur et commence à attendre.

Attendre quoi ? C'est idiot. Celui que je cherche est là, quelque part, tout près. Où ? Pourquoi devant telle maison plutôt que telle autre ? Je sors de la voiture, enfonce les mains dans mes poches, me mets lentement en marche. La rue est sombre et silencieuse, noyée maintenant dans un léger brouillard. Je n'en vois pas l'autre extrémité. L'extrémité. Bien sûr ! C'est là qu'il m'attend. Au bout de la rue. C'est là et non ailleurs que se trouve le point final. Au bout de la deuxième barre du F. Tout au bout...

Je hâte le pas. Malgré mon manteau, l'atmosphère humide et froide me transperce jusqu'aux os. Plus j'avance dans cette rue, moins je distingue les maisons. Le brouillard s'épaissit de plus en plus, c'est comme si je marchais à l'intérieur d'un nuage. Même la lumière des quelques fenêtres allumées semble buter contre ce mur mou. À peine née, elle s'y dilue déjà et meurt avant d'avoir atteint la rue.

Difficile de dire à quel niveau je me trouve maintenant. Je ne peux même pas lire les numéros des maisons. Je continue donc, mais à une allure moins vive, dans ce silence qui m'enveloppe comme un cocon ouaté.

Tout à coup, il me semble discerner une silhouette. Une ombre diffuse qui me précède. Je m'arrête. L'ombre, devant moi, semble m'imiter. Je me remets donc en marche pour m'en approcher, mais l'inconnu repart presque en même temps. J'accélère, il accélère ; je ralentis, il ralentit. Quel passant ordinaire se livrerait à un jeu pareil ? Il n'y a pas de doute, c'est lui.

Brusquement, je me mets à courir, mais l'homme semble avoir prévu ma réaction. Il détale aussitôt et se noie dans le brouillard. Inutile de continuer à jouer. Je ralentis une fois encore. Bientôt, comme crachée par le brouillard, la silhouette réapparaît devant moi.

Je marche maintenant d'un pas lent et égal et l'inconnu, à la limite du brouillard, adopte la même allure. Jusqu'où m'emmène-t-il ? Jusqu'au lac ? Tel le joueur de flûte de Hamelin, a-t-il l'intention de m'y noyer ? Je rêve, encore...

En revenant sur terre, je me rends compte qu'il n'y a plus personne devant moi. L'homme a disparu ! Je m'immobilise, regarde à droite, à gauche. Rien. Je suis seul, de nouveau. Où est-il passé?

Soudain, un coup de feu! Droit devant! Bon sang, ce n'était pas prévu! Je me précipite au galop. Le brouillard est à couper au couteau. Je ne distingue plus rien autour de moi, les maisons semblent avoir disparu, elles aussi.

Je m'aperçois alors que je suis arrivé au bout de la rue. Il n'y a plus de maisons. Au-delà de l'asphalte, j'entrevois vaguement les premiers arbres du parc. Je fais encore quelques pas, incertain. Personne. Qui a tiré?

C'est alors que je remarque, à quelques pas de moi, une forme allongée sur le sol. Je m'approche, la gorge serrée. Un homme est étendu là, enveloppé dans un manteau noir du même genre que le mien. Il est couché sur le dos, le front percé d'un trou rouge d'où le sang coule encore.

Je m'agenouille près du corps et me penche sur lui. Mon sang se glace. C'est Petrus Aula! Je me redresse brusquement, scrutant les alentours. Pas un bruit, pas un mouvement. Où l'assassin a-t-il disparu?

Je reste là un bon moment, incapable de prendre une décision. Puis il me semble entendre du bruit dans mon dos, et au loin une sirène. Des voisins? La police?

Tout à coup, une silhouette se détache de la brume et s'avance droit sur moi. Sans réfléchir davantage, je m'élance vers le parc et disparais dans le brouillard.

2

QUI ?

Je commence à être complètement engourdi. Mes pieds sont trempés et glacés, je frissonne de partout.

Quand j'ai aperçu cette ombre surgir du brouillard et venir sur moi, j'ai cru que, pour moi aussi, ce serait la fin du parcours. Qu'une deuxième balle m'était destinée. Et j'ai détalé droit devant moi, couru à perdre haleine, sans savoir où j'allais.

Le brouillard noyait tout autour de moi. J'ai couru sur l'herbe sans me retourner. Sur ma gauche, j'entendais sans les voir des camions et des voitures passer à vive allure. La Transcanadienne. Leurs phares faisaient des halos éblouissants sans pour autant me permettre de distinguer les alentours.

Après une course interminable, j'ai retrouvé l'asphalte et me suis enfin arrêté, haletant, les poumons en feu. Je suis tombé à genoux, épuisé. Ces courses ne sont plus de mon âge. Je n'en peux plus...

Derrière moi, aucun bruit, aucun mouvement. Ai-je vraiment échappé à mon agresseur ? Ou bien me guette-t-il encore, embusqué derrière un arbre, protégé par la brume épaisse ?

Après avoir repris un peu mon souffle, je décide de suivre cette rue qui borde le parc. Arrivé à un croisement, je regarde les panneaux : Hill Avenue et Elwell Street. Ça ne me dit rien du tout. Mon plan de la ville est resté dans ma voiture, je n'ai aucun moyen de retrouver mon chemin. Je n'ai pourtant pas la moindre envie de revenir en arrière, de tomber de nouveau sur le cadavre... ou sur le meurtrier. Une seule solution, suivre la Transcanadienne, repasser le pont et revenir à Surrey.

Tout en marchant le long de l'autoroute, transi de froid, j'essaie de comprendre ce qui est arrivé. L'imposteur était bien au rendez-vous, il n'y a pas de doute, mais qu'est-ce que Petrus Aula faisait là ? M'a-t-il suivi, ou a-t-il été informé par l'assassin — le faux moi — qu'il allait se trouver à cet endroit, que quelque chose allait s'y produire et qu'il aurait de quoi rédiger un nouvel article ? Peut-être, mais ça n'explique pas pourquoi c'est lui qui est mort.

Je ne sais pas combien de kilomètres j'ai parcouru le long de cette autoroute. J'ai traversé deux routes, une minuscule rivière et la voie du chemin de fer, tout ça dans une zone d'entrepôts et de terrains vagues totalement déserte. L'endroit idéal pour prendre un coup de couteau ou de revolver dans le dos, sans témoin. Je me retourne fréquemment, sans m'arrêter, tenaillé par la peur.

Comme d'habitude, j'ai agi stupidement. Pourquoi ne pas être revenu à ma voiture, après avoir fait un détour ? Trop tard pour y songer. J'en suis trop loin, maintenant. D'ailleurs, j'aperçois des lumières, de l'autre côté de la Transcanadienne.

Quelques minutes plus tard, je suis en train de me réchauffer dans une cafétéria lorsque je me rends compte, en voulant m'acheter un sandwich, que j'ai perdu mon portefeuille.

Quand est-ce arrivé? Pendant ma fuite? C'est impossible, ma poche est profonde et je n'ai pas marché sur la tête... Il me reste un peu de monnaie en poche et je m'offre tout de même un café. La peur a fait place à la mauvaise humeur. Jamais je n'ai perdu mes papiers, pourquoi faut-il qu'une chose pareille m'arrive dans un tel moment?

Je me rappelle maintenant que mon manteau est tombé de la chaise sur laquelle je l'avais jeté, en entrant chez Aula. C'est probablement là que le porte-feuille est tombé. Ce n'est pas pour arranger les choses! Petrus Aula est mort, assassiné par un inconnu dont je ne sais rien, sinon qu'il me ressemble vaguement, et en l'absence de tout témoin. Mais quand la police trouvera mon portefeuille chez lui, elle se posera des questions. Des questions déplai-santes, en ce qui me concerne!

Retourner chez lui, ce serait de la folie. D'abord je n'ai pas la clé, ensuite l'en-droit sera sans doute infesté de flics aux premières heures du jour, si ce n'est pas déjà le cas. Que faire ? Fuir, bien sûr. Je ne sais faire que ça. Et pourtant, je sais très bien que la fuite, une fois de plus, ne fera que confirmer les soupçons que la police ne manquera pas d'avoir à mon égard quand elle trouvera mon porte-feuille en fouillant l'appartement du mort. J'aurai l'air malin, avec tous les flics de Vancouver aux fesses !

Non, je sais très bien que je ne peux plus fuir. J'ai échappé au tueur, mais je n'échapperai pas à la police. Le mieux à faire, c'est encore de me rendre de moi-même. Ou, tout au moins, de me pré-senter avant qu'on ne commence à me rechercher. Ça démontrera mes bonnes intentions.

Je passe la fin de la nuit à somnoler devant des cafés tiédasses. Quand le jour se lève, je fais mes comptes. Il me reste une dizaine de dollars et... aucune idée de l'endroit où je dois me rendre. Je suis fourbu et n'ai plus la moindre envie de marcher. Un taxi ? Louis Anctil habite sur Granville, mais je ne me souviens plus du numéro et cette rue mesure au moins dix kilomètres !

La seule adresse dont je me souvienne avec précision, dans cette énorme ville, est celle de Petrus Aula. Bah, après tout, c'est là que j'ai le plus de chances de rencontrer la police sans avoir l'air de venir me constituer prisonnier pour un meurtre que je n'ai pas commis. Je leur dirai, sans mentir, d'ailleurs, que je suis venu chercher un document oublié la veille. Est-ce qu'ils me croiront? Je n'en sais rien mais, dans le cas contraire, ce ne sera pas pire que si je me cache et qu'ils viennent me débusquer eux-mêmes.

J'appelle un taxi d'un téléphone public et sors l'attendre devant la porte. Surrey n'est pas très loin, de l'autre côté du fleuve. Mes dix dollars suffiront.

Quelques minutes plus tard, le taxi me dépose dans cette petite rue de Surrey, près de l'immeuble d'Aula. Le brouillard s'est levé. La rue est calme. Pas une voiture de police en vue, pas le moindre mouvement aux abords de l'édifice. Étrange. Le corps a pourtant dû être découvert, à l'heure qu'il est...

Tandis que le taxi repart, je reste planté sur le trottoir, les yeux levés vers le troisième étage, vers la fenêtre muette de Petrus Aula.

Je fais quelques pas, indécis. Je n'ai plus assez d'argent pour appeler un autre taxi. Attendre ici ? Puis je me dis alors qu'au lieu de venir à Surrey, j'aurais plutôt dû chercher le numéro de Louis Anctil dans un annuaire et l'appeler pour qu'il vienne me rejoindre. Ce n'est pas un cerveau que j'ai, c'est un gruyère...

Un peu plus loin dans la rue, en face, j'aperçois une sorte de dépanneur. Journaux, vidéos, produits de première nécessité. Il doit bien y avoir un annuaire et un téléphone. Je traverse.

Devant l'entrée sont disposés des présentoirs à journaux. Je ne les regarde jamais, d'habitude, mais là, mon regard est attiré par un mot. *Murder*. En dessous, la photo d'un corps allongé dans l'herbe. Je me jette avidement sur l'article.

Ce que j'y déchiffre me coupe le souffle. Il s'agit bel et bien du meurtre dont j'ai failli être le témoin hier soir : même lieu, même heure. Mais la victime n'est pas Petrus Aula. C'est moi !

C'est de la folie! Un fou m'a volé ma vie, et voilà maintenant qu'on me vole ma mort! C'est ahurissant. Je ne suis plus moi-même, ni vivant ni mort...

En tout cas, ça explique pourquoi la police ne s'est pas manifestée dans le coin. Ça me laisse aussi un moment de répit : si je suis la victime, je ne suis pas l'assassin.

Ce que ça n'explique pas, en revanche, c'est comment on a pu prendre Petrus Aula pour moi. Nous ne nous ressemblons absolument pas! Ou bien... ou bien mon portefeuille n'est pas resté ici. Je comprends, maintenant! Aula l'a ramassé et a voulu me le rendre.

Et pourtant non. Ça ne marche pas non plus. S'il m'avait suivi en voiture, hier soir quand je suis sorti de chez lui, il m'aurait rejoint au motel, pas sur Lakefield Drive. Comment savait-il que j'irais là-bas?

Machinalement, je lève les yeux vers le troisième étage de son petit immeuble, de l'autre côté de la rue. Je sursaute. Une ombre vient de passer devant la fenêtre! Je ne me trompe pourtant pas. C'est bien la sienne. Une vision?

Je traverse la rue en courant. Un résident sort de l'immeuble au moment où j'arrive à la porte. J'en profite pour me glisser à l'intérieur. L'ascenseur est là, je m'y engouffre. Troisième étage. Le couloir est toujours aussi sombre. Sa porte est au fond. J'avance sans faire de bruit. Je sonne.

Des pas à l'intérieur. On s'approche. On ouvre. Un grand type apparaît dans l'embrasure de la porte, l'air étonné. Je bégaie :

— Mais... qui êtes-vous ?

— Ce serait plutôt à moi de vous poser cette question, répond l'homme d'une voix posée. Vous êtes ici chez moi, c'est donc à vous de vous présenter, il me semble.

— Oui, bien sûr, fais-je, un peu déconcerté. Je... je suis Louis Ferdine. Un ami de Petrus Aula...

— Je *suis* Petrus Aula, déclare froidement l'inconnu. Et j'ignorais, jusqu'à cet instant, que vous étiez mon ami...

3

LE VRAI VISAGE DE PETRUS AULA

Nous restons un moment à nous dévisager en silence. Aula — ou l'individu qui prétend se nommer ainsi — semble évaluer les chances d'avoir en face de lui un voyou audacieux prêt à le piétiner pour entrer chez lui et le dévaliser.

L'audace, cependant, ne doit pas être l'impression qui se dégage de moi en ce moment. Hirsute, hagard, l'haleine, comme disait l'oncle Raymond, empoisonnée par un néant de dentifrice, je fais sans doute moins peur que pitié...

Quoi qu'il en soit, rassuré par mon air inoffensif ou cédant, peut-être, à l'attrait du bizarre, l'homme me fait signe de le suivre. Sans toutefois me quitter des yeux — méfiant, quand même —, il va s'asseoir dans le bureau, à cette table massive et sans élégance derrière la-quelle Petrus Aula — l'autre — m'a reçu hier après-midi.

Ma gêne doit être visible. Épaisse, suintante. Elle forme, avec la fatigue et la peur qui ne s'est pas totalement éteinte en moi, une sorte de gangue dans la-quelle je suis pris comme un oiseau dans le pétrole pendant une marée noire.

Ne sachant par où commencer, je continue de le dévisager. Lui, pour sa part, adopte la même attitude. J'ai la gorge sèche. Il faut rompre ce silence qui m'étouffe. J'essaie de prendre la main, d'avoir l'air sûr de moi :

— Ainsi, vous prétendez être Petrus Aula ?

— Je ne suis pas un philosophe, mon-sieur Ferdine, pour pouvoir répondre à cette question. Mais, à ma connaissance, j'ai toujours porté ce nom, d'aussi loin que je me souvienne...

Cet homme parle parfaitement fran-çais. Son aisance ne fait qu'aggraver mon malaise. Il doit avoir une dizaine d'années environ de plus que moi. Qui est-il vraiment ?

— Et vous-même, reprend-il après un silence, vous prétendez être Louis Ferdine, n'est-ce pas ? J'ai entendu parler de vous, j'ai lu également quelques-uns de vos livres. Des ouvrages qui vous ressemblent...

Que veut-il insinuer ? Que mes romans sont mal ficelés, peu soignés ? Étranges ? Je ne suis pas au mieux de ma forme pour en parler, c'est certain. Pas aussi bien que cet imposteur qui a impressionné son public au cours de ces dernières semaines... Faisant mine de ne pas remarquer ma grimace, il continue :

— J'ai remarqué, en feuilletant vos livres, que vous êtes très préoccupé par les problèmes d'identité. Pourtant, il me semble maintenant que cette question n'est pas seulement pour vous un simple thème de discussion ou un sujet littéraire, mais un véritable cas pathologique.

Cette fois, je comprends ses allusions. Qui est vraiment cet homme, je ne le sais toujours pas, mais il est évident que lui, il refuse de croire que je suis qui je suis, c'est-à-dire Louis Ferdine. La malédiction continue !

Sans ajouter un mot, il se penche vers une table basse, saisit un journal qui s'y trouve et le jette sur le bureau, comme les duellistes se jetaient autrefois un gant à la figure pour se provoquer. L'article relatant la découverte de mon cadavre la veille au soir s'étale sous mes yeux.

— Mes sincères condoléances, monsieur Ferdine, fait le prétendu Aula avec un sourire ironique.

— Il y a erreur ! m'écrié-je. Ce cadavre n'est pas le mien mais le vôtre !

J'ai à peine fini de prononcer cette phrase que je me rends compte que, la fatigue et l'émotion aidant, je viens de proférer une énormité.

— Ce n'est pas ce que je voulais dire, fais-je en agitant désespérément les mains. Laissez-moi vous expliquer. Quand je suis venu à cet appartement, hier dans l'après-midi, j'ai été reçu par quelqu'un affirmant se nommer Petrus Aula. Il ne s'agissait manifestement pas de vous.

— Manifestement, comme vous dites. J'ai été absent toute la journée et ne suis rentré qu'après huit heures. Vous vous êtes sans doute trompé. Ou on vous a trompé. Et puis-je savoir pourquoi vous êtes venu ici? Qui vouliez-vous rencontrer?

— Vous. Petrus Aula. Quelqu'un, du moins, qui portait ce nom et signait ses articles du pseudonyme de Peter Aaron.

— Peter? fait l'homme en haussant les sourcils. Mais Peter Aaron n'est pas un pseudonyme, c'est son vrai nom. Vous avez un sérieux problème, vous, pour associer les bons noms aux bonnes personnes!

— Je n'ai pas de problème avec les noms! m'écrié-je en me levant brusquement, excédé. Je n'ai aucun problème avec qui que ce soit et j'en ai simplement assez! Assez de ces histoires, assez de ces mensonges!

Je me tiens devant l'homme, blême de fureur, les mains tremblant sous l'effet de la rage. Instinctivement, il a reculé son siège et avancé sa main vers un tiroir de son bureau. Une arme? Aussitôt, je regrette de ne pas m'être maîtrisé et je me rassois, un peu piteux. Aaron, Aula, l'Autre... tous ces A se mélangent dans ma tête. Je ne suis sûr que d'une chose : je suis Louis Ferdine.

Alors, calmant ma voix, je commence à expliquer toute l'affaire, depuis la première apparition de l'imposteur à la librairie Manhattan jusqu'à la découverte du corps de Peter Aaron-Petrus Aula, le front traversé par une balle. J'insiste bien sur le fait que c'est Peter Aaron lui-même qui m'a donné rendez-vous ici en m'indiquant que son vrai nom était Petrus Aula.

— Voilà tout ce que je sais, dis-je en guise de conclusion. Vous comprendrez que je me pose de sérieuses questions au sujet de votre identité.

— Je comprends, je comprends, murmure mon interlocuteur. Mon nom est pourtant Petrus Aula, ainsi que je vous l'ai dit. Je suis citoyen américain et ne viens dans cette ville que de temps en temps, pour changer d'air. Et c'est Peter Aaron qui, chaque année, loue pour moi ce minuscule appartement où je m'isole parfois pour quelques semaines, loin de Brooklyn où je réside habituellement. Je suis écrivain.

— Aaron l'était-il aussi ?

— Non. Aaron est une des rares personnes que je fréquente lorsque je suis ici, à Vancouver. Il serait plus exact, d'ailleurs, de dire que c'est lui qui me fréquente. Il semble éprouver pour moi une sorte de vénération qui me gêne un peu, et j'ai l'impression que, pour lui, le fait de se trouver en ma présence lui donne un surcroît d'existence.

— Un écrivain manqué, peut-être, fais-je remarquer.

— C'est possible. Aaron n'aime rien tant que m'exposer à tout propos ses nouvelles théories littéraires. Théories plutôt alambiquées, torturées, non pas en elles-mêmes, mais parce qu'il a tendance à les considérer comme des réalités tangibles, plutôt que comme des idées abstraites.

Mais ses discours, finalement, me délassent parce qu'ils sont justement autre chose que des spéculations intellectuelles un peu vaines. Aaron *vit* ce qu'il croit, et c'est sans doute ce qui rend sa présence si réelle, si chaleureuse.

Je note que Petrus Aula parle toujours d'Aaron au présent... Cependant, pris par son discours, je lui demande :

— Mais pourquoi n'écrivait-il pas lui-même ?

— Il a fini par me le confier, un jour. Il m'a expliqué qu'il avait souvent essayé, mais sans aboutir. « À quoi bon ? disait-il. Tout a déjà été écrit, au fond. Qu'a-t-on à dire de plus ? Le seul intérêt de l'écriture tient dans le style. Or, si j'essaie d'imiter mes modèles, je dois reconnaître que je ne leur arrive pas à la cheville et je déchire aussitôt ce que je viens de composer. Être plus modeste ? Viser moins haut ? Mais comment écrire honnêtement alors même qu'on sait qu'on est en train de produire quelque chose de médiocre ? Il me faudrait trouver une autre façon de faire, une autre façon de vivre la littérature... »

Je ne pouvais pas lui donner tort. Écrire des romans est un dilemme permanent : ou l'on fait preuve d'une prétention sans bornes, ou bien l'on accepte de reconnaître sa faiblesse, et cette acceptation ne rend pas la vie facile.

J'ai écouté cette longue dissertation sans sourciller, impressionné par sa diction parfaite, par sa maîtrise du sujet. Aula s'est renversé dans son fauteuil, les mains pianotant sur les accoudoirs,

tout en me fixant de son regard pénétrant. Je suis comme hypnotisé...

Tout à coup, je me rappelle cette description que Louis Anctil m'a faite du
faux Ferdine, d'après ce que lui avait dit
Aaron au téléphone : *des yeux perçants et
en perpétuel mouvement, l'air de pouvoir lire
dans les pensées des autres, des mains fines et
expressives...*

Et, brusquement, comme si le vent
venait de chasser les nuages devant un
soleil étincelant, la vérité m'apparaît. Je
comprends tout ! C'est lui ! Il est en face
de moi, ce salaud qui joue depuis des
jours avec la personnalité des autres
comme s'il ne s'agissait que de simples
personnages de papier ! C'est lui, le
manipulateur de l'ombre qui a exploité
la crédulité de ce pauvre Aaron dans le
but de m'attirer dans son piège. C'est lui,
le cerveau diabolique qui a conçu cette
toile dans laquelle il m'a pris comme une
mouche, après m'avoir dépouillé de mon
nom, de mon existence même...

Puis il s'est débarrassé sans remords de
Peter Aaron, son pantin, et, maintenant
que le jeu est terminé, je suis à sa merci !

Je dois sauver ma peau. La main d'Aula, sur le bureau, caresse la tête d'une grosse statuette, sorte de divinité de Tombouctou ou d'ailleurs. Je me lève brusquement pour fuir, prêt à l'assommer s'il me barre le passage. Il se lève aussi! Sans réfléchir, je me jette sur lui mais, déployant toute sa stature, il est plus rapide que moi et me frappe la tête avec la statuette.

Je m'écroule sans connaissance.

4

CONVERSATION NOCTURNE

Lorsque j'ouvre les yeux, je constate que je suis à demi allongé sur un canapé, les mains liées derrière le dos. La tête me fait atrocement mal, je suis ankylosé de partout.

Combien de temps suis-je resté inconscient? Dehors, manifestement, il fait nuit. Je ne vois par la fenêtre, à l'autre bout de la pièce, que la faible lumière dispensée à l'extérieur par l'éclairage public. Cette lumière m'est en partie occultée par une silhouette dont elle ne dessine que très imprécisément les contours.

Je ne bouge pas, malgré une furieuse envie de m'étirer. Dos à la fenêtre, la silhouette est immobile. Je devine plus que je ne distingue ses yeux fixés sur moi. Elle me guette, attend mon réveil. Aula? Sans doute.

Le monstre ne m'a pas encore tué. Il attend, peut-être, que j'aie repris connaissance pour mieux savourer sa victoire. Mais quelle victoire, au juste ? Quel a été son but dans toute cette entreprise ? La notoriété qu'il a pu voler en prenant ma place est mitée, illusoire.

«Je suis écrivain», m'a-t-il dit tout à l'heure. Sans blague ! Il est surtout le personnage de sa propre histoire et, comme il n'était pas satisfait de son sort, il a voulu s'inventer une nouvelle vie. Seulement il s'est aperçu que ce n'est pas si facile. Alors il a pris la mienne...

J'ai des fourmis dans les jambes, et une épaule complètement tordue. Je n'y tiens plus, il faut que je bouge. J'ai à peine fait un geste que l'ombre, devant moi, semble se raidir.

— Monsieur Ferdine ? prononce Aula d'une voix sourde. Vous êtes réveillé ?

À quoi bon nier ? Je ne vais pas rester saucissonné ainsi jusqu'à ce qu'il décide de me couper en rondelles pour me faire frire. Je réponds rageusement :

— Pourquoi ? Vous voulez m'apporter mon petit déjeuner au lit ? Et comment vais-je manger, menotté ainsi ?

— Il est trop tôt, ou trop tard, pour déjeuner. Mais si vous me promettez d'être sage, je veux bien détacher vos liens...

— Être sage ! hurlé-je en me secouant comme un damné. Vous m'assommez, vous tentez de m'assassiner, vous me ligotez et vous me demandez d'être sage ?

— Comment ça, je tente de vous assassiner ? réplique Aula. C'est vous, au contraire, qui vous êtes jeté sur moi avec des intentions visiblement homicides...

J'essaie de me redresser sur le canapé et de mieux voir son visage. Si son but est de me supprimer, pourquoi se justifier ? Quel jeu joue-t-il ? Son ton a l'air sincère, pourtant. Qu'est-ce que je risque, après tout ?

— O.K., détachez-moi d'abord et expliquez-moi comment, après m'avoir estourbi comme un vulgaire lapin, vous prétendez que c'est moi l'agresseur.

— J'ai agi un peu vivement, reconnaît Aula en se levant enfin. Mais j'ai véritablement cru que vous en aviez après moi. Je n'arrivais pas à comprendre votre attitude. Maintenant, d'ailleurs, je ne suis pas plus avancé. Sans doute même encore moins qu'auparavant...

Aula me détache prudemment puis recule, tandis que j'effectue le même mouvement en sens inverse. Méfiance de part et d'autre. Je m'assois un peu plus confortablement, masse mes poignets douloureux et lui lance un regard noir.

— Bien, fait Aula en se rasseyant derrière sa table. Voyons où nous en sommes. Tôt ce matin, vous débarquez chez moi et prétendez vous appeler Louis Ferdine, un auteur de Calgary dont la police a retrouvé le cadavre hier soir dans un parc de Burnaby. Vous affirmez avoir vu ce cadavre, mais vous l'avez identifié comme étant celui de Peter Aaron, qui vous aurait reçu ici même plus tôt dans l'après-midi et dit porter mon nom. Puis vous me sautez dessus violemment...

— Mais...

— Laissez-moi continuer. À ce stade, vous comprendrez, bien sûr, que j'ai toutes les raisons de me méfier de vous et de vous prendre pour un menteur, dans le meilleur des cas, pour un fou, dans le pire. Après vous avoir maîtrisé et attaché, je décroche donc mon téléphone pour appeler mon ami Aaron.

Première surprise, en composant son numéro, je tombe sur un message enregistré de la compagnie de téléphone m'indiquant qu'il n'y a plus d'abonné au numéro demandé. Qu'est-ce que cela signifie? Je l'ai pourtant vu il y a quelques jours à peine, et il ne m'a pas parlé de ses intentions de déménager. Par ailleurs, je trouve étonnant que, m'ayant parlé avec insistance de vos œuvres à plusieurs reprises, il n'ait pas mentionné cette entrevue qu'il a eue avec vous.

Enfin, ultime surprise, tandis que je réfléchissais sur la conduite à suivre en ce qui vous concerne, j'apprends par la radio qu'on a identifié le meurtrier de Louis Ferdine : il s'agit de Peter Aaron! Du coup, je ne comprends plus rien. Qui est mort? Qui a tué?

— Je ne suis pas mort, il me semble, dis-je avec une ironie que je voudrais mordante.

— Je n'en doute pas, mais qu'est-ce qui me prouve que vous êtes bien Louis Ferdine? Nous ne nous en sortirons pas en discutant ainsi. Le mieux à faire serait sans doute d'appeler la police, au moins pour qu'elle puisse rétablir l'identité du mort.

— Pour moi, je vous le répète, la chose est claire : il s'agit de Peter Aaron. Celui-ci est la victime et non pas l'assassin. Je ne sais pas comment la police a pu nous confondre mais, si nous la détrompons, c'est moi qui vais endosser la veste du tueur. Je n'y tiens pas spécialement.

— Que proposez-vous, alors ?

— Trouver ce salaud qui se fait passer pour moi et s'amuse à brouiller les cartes. Le jeu est allé un peu trop loin. J'avoue que, si j'ai eu cette attitude un peu agressive, ce matin, c'est parce que j'étais persuadé que ce tueur, c'était vous !

— Vous êtes optimiste, fait Aula avec un sourire amer. Vous avez une piste ?

— Non, dois-je reconnaître. Pas l'ombre d'une. Le seul qui savait quelque chose, probablement, était Peter Aaron lui-même. Lui, il a rencontré le tueur à trois reprises. Et, à la troisième, il est mort...

— Je ne comprends pas cette mort, justement. Pourquoi cette inversion des identités de la part de la police ?

— J'ai perdu mon portefeuille ici même, monsieur Aula. Dans cette pièce.

Aaron l'a sans doute ramassé dans l'intention de me le remettre. L'objet est resté dans sa poche, et la police l'a donc pris pour moi.

— Ça ne marche pas, grommelle Aula. Les enquêteurs auraient aussi trouvé ses propres documents d'identité. Or, d'après votre hypothèse, Peter n'aurait eu en sa possession *que* les vôtres, ce qui est inexplicable.

— Peut-être l'assassin lui avait-il volé les siens.

— Dans ce cas, il n'y a pas eu de méprise. Le tueur savait qui était sa victime. Pourquoi aurait-il alors procédé à ce tour de passe-passe ?

— Un fou, dis-je avec vigueur. Ce type est un fou, c'est évident.

— C'est un peu simple. Les fous ont une logique. Une logique beaucoup plus rigoureuse que la nôtre, d'ailleurs. Chacun de leurs gestes a une signification. Ici, je n'en vois aucune.

Il a raison. Aucune solution n'est viable. Le silence retombe. Petrus Aula semble plongé dans une profonde méditation. Au bout d'un moment il murmure, comme pour lui-même :

— Quelque chose est bizarre. Troublant. Tout se passe comme si Peter, avant de mourir, avait décidé de liquider son passé. Plus de téléphone, plus de papiers. Plus d'identité. Comme s'il avait voulu s'effacer...

— Que voulez-vous dire?

— C'est difficile à expliquer, réplique Aula. Il faudrait que je vérifie deux ou trois petites choses, mais il est un peu tard. Il n'y a rien d'autre à faire pour le moment que dormir un peu. Je suis exténué. Demain matin, nous y verrons plus clair. En attendant, vous pouvez rester ici si vous voulez. Personne ne viendra vous y chercher.

Poussant un soupir, Petrus Aula se lève puis disparaît dans sa chambre. Ma tête me fait toujours souffrir. Je regarde ma montre : il est deux heures du matin. J'enlève mes chaussures et m'étends sur le canapé.

Quand j'ouvre les yeux de nouveau, il fait grand jour. Je me lève et appelle mon hôte. Silence. Tout en me frottant la tête, je passe dans la cuisine, puis dans la salle de bain. Toujours personne. Je frappe alors discrètement à la porte de sa chambre. Aucune réponse.

Je pousse doucement la porte, qui n'est pas totalement fermée. La chambre est vide. Sans plus me soucier de discrétion, je fais alors le tour complet de l'appartement, ouvrant toutes les portes, appelant à tue-tête. Mais en vain : Petrus Aula a disparu !

5

LA MORT DU DOUBLE

J'ai passé la journée à me ronger les sangs, ne me risquant pas à sortir, regardant la télé, essayant de lire, sans succès. Où Petrus Aula était-il passé ?

La porte était ouverte, bien sûr, personne ne me retenait ici. Cependant, je me sentais relativement en sécurité dans cet appartement et je me suis donc résolu à l'attendre sans bouger.

La nuit est tombée et je suis en train de somnoler sur le canapé lorsque j'entends enfin la porte s'ouvrir. Je me redresse. C'est bien Petrus Aula qui vient d'entrer. Il a l'air fatigué, d'humeur sombre. Mauvaises nouvelles ?

Aula va s'asseoir en silence à son bureau. Je n'ose pas le questionner. Finalement, c'est lui qui prend la parole, d'une voix un peu rauque :

— Monsieur Ferdine, je vous prie de m'excuser pour mon escapade d'aujourd'hui. Vous dormiez lorsque je suis parti, ce matin, et j'avais beaucoup de choses à faire. Je voulais, surtout, vérifier une intuition qui m'est venue hier soir en vous écoutant. Une chose m'intriguait. Dans ce ballet à trois personnages, — vous, votre double et Peter Aaron — seuls deux acteurs étaient visibles, palpables, je dirais. Le meurtre de Peter, seul lien entre vous et l'imposteur, semblait bien avoir compromis toute chance de retrouver ce dernier, dont on devinait partout les traces sans jamais voir son ombre.

La coupure de la ligne téléphonique de Peter, les papiers d'identité trouvés sur son cadavre, l'absence, apparemment, de tout autre objet personnel dans ses poches, tout tendait à rendre sa disparition, comment dire... totale.

Cependant, sa mort avait quelque chose d'étrange. Elle ne pouvait pas être accidentelle, comme nous pouvions le penser au début. Tout avait été trop bien préparé à l'avance. Dans la rencontre de Lakefield Drive, il n'y avait pas de place pour l'improvisation.

Seules deux personnes pouvaient s'y trouver : votre double, qui avait tout manigancé, et vous-même qui aviez découvert à quel endroit devait se terminer son mystérieux itinéraire. Que faisait donc Peter là-bas, avant-hier soir ? Avait-il découvert à son tour, après votre départ, la signification de la fameuse signature ? Il n'avait pourtant aucune raison de s'en préoccuper, il n'était pas impliqué comme vous dans cette affaire d'imposture. Pourquoi Peter Aaron était-il allé à Lakefield Drive ?

J'ai voulu en avoir le cœur net. Ce matin, je me suis rendu à la librairie Manhattan, où j'ai rencontré Marc, le gérant. Après avoir discuté un peu littérature, je lui ai montré une photographie de Peter en lui demandant s'il le connaissait. « Bien sûr ! m'a-t-il déclaré. Cet homme est venu ici il y a presque trois semaines. Il se faisait passer pour l'écrivain Louis Ferdine ! Vous vous rendez compte ! »

Puis, à ma demande, Marc m'a donné l'adresse de la deuxième librairie dans laquelle était intervenu le faux Ferdine, près de Queen Elizabeth Park. Je m'y suis rendu. Même scénario. Sur la photo, c'est l'écrivain Louis Ferdine que le libraire a officiellement reconnu !

Il était inutile de continuer ainsi, cet aspect de l'affaire était clair. C'est Peter qui, depuis le début, avait endossé votre personnalité. Ce qui restait obscur, en revanche, c'était ses motivations. Un simple canular ?

Au début, peut-être. Cette extravagance, dans le fond, correspondait bien à ses théories qu'il avait souvent eu l'occasion de m'exposer. Vivre la littérature, mettre la fiction en scène dans la réalité, etc. Le faux entretien avec vous lui avait même permis d'exposer publiquement ses idées, tout en les faisant passer sur votre compte. Peu importait, d'ailleurs, puisque, à ce moment-là, il *était vous*.

Jusque-là, tout va bien, si je puis dire. Mais sa mort ? Une coïncidence ? Un simple crime crapuleux ? Difficile à croire. J'ai alors pensé à cette façon qu'il avait eue, tout en prenant votre personnage, de faire disparaître le sien. Téléphone, papiers... Et si cette disparition, dans son esprit, loin d'être purement théorique, avait été envisagée au pied de la lettre ?

Toute sa mise en scène ne visait qu'à ceci : prendre votre place en tant qu'auteur et se supprimer, lui, en tant que raté. Mais un personnage restait en trop sur la scène : vous. Alors, en commettant son suicide, il s'arrangeait pour qu'on vous soupçonne, vous, afin qu'on vous retire de la circulation...

J'étais effaré, *a posteriori*, par le drame qu'avait été la vie de mon ami, et que j'avais côtoyé pendant plusieurs années sans m'en rendre compte. Ce que j'avais pris pour une théorie littéraire un peu affectée avait été une tragédie vécue jusqu'au bout. Personne, à aucun moment, n'avait donc été au courant ?

À tout hasard, je suis allé voir son médecin, que je connais bien parce que c'est également à lui que j'ai recours lorsque j'ai un problème de santé et que je me trouve ici. Le docteur venait d'apprendre, par les journaux, la mort de son patient. Je lui ai dit ce que je savais et lui ai exposé ma théorie.

Le suicide de Peter Aaron ne l'a pas étonné. Malade depuis des années, celui-ci se savait condamné et, connaissant son étrange tempérament, le médecin pensait qu'il préférerait en finir un jour lui-même plutôt que subir jusqu'au bout sa maladie.

Dès lors, il ne me restait qu'une chose à faire : aller trouver le policier chargé de l'enquête et lui expliquer tout cela. Dans le bureau de l'homme en question, un dénommé Spade, j'ai rencontré deux de vos amis : le représentant de votre éditeur à Vancouver et votre médecin, le docteur Graham Hunter.

Je leur ai fait le récit que je viens de vous rapporter. Vos amis paraissaient soulagés. Les deux policiers, même s'ils avaient l'air sceptiques, n'ont pourtant rien trouvé à redire. Les empreintes de Peter sur son revolver semblent confirmer la thèse du suicide. Dans les poches de Peter, à part votre portefeuille, ils n'ont trouvé qu'une clé qui est celle de cet appartement, et que je lui avais donnée moi-même. C'est ainsi qu'il a pu vous jouer sa petite comédie.

Vous me pardonnerez si je vous dis que je leur ai indiqué où vous vous trouviez. Le reste, à présent, n'est qu'une question de routine et de vérifications auprès des témoins.

Petrus Aula se tait enfin. Ce qu'il a oublié de préciser, c'est que si Aaron m'a choisi, moi, pour son petit jeu macabre, c'est sans doute parce qu'il pensait que je ne valais pas mieux... Je pourrais me faire faire des cartes de visite : *Louis Ferdine, déguisements et postiches* ! Je me suis trompé de métier ! Écrivain ? Quelle dérision ! J'aurais dû être clown. Auguste. Celui qui a l'air d'un abruti complet et qui reçoit des claques pour faire rire les enfants...

Il ne me reste plus qu'à rentrer chez moi, si ce Spade m'autorise à le faire, et à n'en plus sortir. Soulagé ? Oui, je le suis, bien sûr. Mais amer, également. Tout comme Petrus Aula, qui se tient affalé, les coudes sur sa table. Lui parce qu'il a perdu un ami, et moi... moi parce que, pour une fois qu'on me trouvait génial, *j'étais un autre* !

Table des matières

Les titres de la collection Atout

* Lecture facile   ** Lecture intermédiaire